La oscura memoria de las armas

往昔的黑暗回响

[智利] 拉蒙·迪亚斯·艾特罗维奇 著
刘长申 译

译林出版社

图书在版编目（CIP）数据

往昔的黑暗回响 /（智）拉蒙·迪亚斯·艾特罗维奇著；刘长申译 .—南京：译林出版社，2021.4
ISBN 978-7-5447-8451-1

I.①往… II.①拉… ②刘… III.①长篇小说－智利－现代 IV.①I784.45

中国版本图书馆 CIP 数据核字（2020）第 216739 号

著作权合同登记号 图字：10-2018-232 号

往昔的黑暗回响 ［智利］拉蒙·迪亚斯·艾特罗维奇 / 著 刘长申 / 译

责任编辑 赵 奕
装帧设计 陈天岷
校 对 戴小娥 蒋 燕
责任印制 颜 亮

原文出版 LOM Ediciones, 2008
出版发行 译林出版社
地 址 南京市湖南路 1 号 A 楼
邮 箱 yilin@yilin.com
网 址 www.yilin.com
市场热线 025-86633278
排 版 南京展望文化发展有限公司
印 刷 南京爱德印刷有限公司
开 本 880 毫米 ×1240 毫米 1/32
印 张 9
版 次 2021 年 4 月第 1 版
印 次 2021 年 4 月第 1 次印刷
书 号 ISBN 978-7-5447-8451-1
定 价 58.00 元

他们眼前是那些恐怖的、写满人类不幸的画面，
那些如闪电般重现的记忆碎片，
以及一段永远不会被遗忘的过去。

——《鹦鹉羽毛中的红色》，

丹尼尔·恰瓦里亚（Daniel Chavarría）

1

再难熬莫过于没有事干。我几乎就是没事干，抽一支香烟，换换音响里的磁带，湿湿右手食指翻书页，留意有顾客敲我工作室的门，时不时也同西默农交流一下心情。实在无聊得透不过气，我就出门，到楼下安塞尔莫的报亭，聊聊当周赛马日程，谈论我们喜爱的赛马和我们在不同赛项投注的最佳成绩。由于没有顾客上门，我除了赌马碰碰运气，主要工作就是写书评了，都是些冗长乏味的政治学、社会学、经济学方面的书，或是其他一些试图解释地球人类最早期就有的不轨行为的神秘科学。书评发表在一个名字很大气的机构——国际研究学院的简报上，至于是否有人读则不是我操心的事。不觉已经满五十岁了，在年龄增长等于工作机会减少的国度里，要改行，这个年龄晚了。写书评这份工作是一位大学老同学给我弄到的。

虽说日子过得安静平稳，但并不意味着幸福快乐。晚上，我努力入睡，脑海里却浮现出我这些年调查的那些案件。我不得不承认心里始终放不下那些，放不下为寻找真相，解开心中谜团，经常在这座城市四处奔波的情景。真相犹如照亮圣地亚哥浑浊夜空的星光，转瞬即逝。这几乎成了我的一块心病。我每周与格里塞塔见一两次面，她是我十三年前认识的女子，那时她还是一位需要在我这里寄宿的大学生。岁月如梭，转瞬那么多年过去了，那是愉悦欢快而又热烈激荡的时光。我们虽说分分合合，有苦有甜，不过她的目光表明我们的关系是真诚的，是我们日复一日努力向前所需要的小小的避风港。

我无所事事，闲着胡思乱想，好几个夜晚，不早不晚准时进入同一梦境。脑袋刚挨着枕头，眼睛一合上，我便努力将白天的那些事，将时钟有节奏的嘀嗒声，将摆放在写字台上的那些枯燥乏味的书，统统从脑子里清除干净。总是同样的情景，犹如一位专注于一个关键场面效果完美的电影脚本作者的杰作。总是同样的情景，犹如黑暗中一次又一次反复不停、凶狠击打的情景。我站在大海的岸边，双脚埋进沙中，注目眺望泛起一道波浪的海平线。我头顶上方一群海鸥飞过，一时海面平静，可以听到我心脏受到抑制的跳动声。那灰色波浪在前行，蜿蜒曲折，轻盈敏捷，波峰色彩斑斓，神秘莫测。蛇样的波浪，凶猛的波浪。我想逃脱，却不能够。梦中，我睁开眼睛，难以辨认所在的地方。神秘，一切都神秘莫测。我想逃离却不能够，大海一个劲儿向我扑来。如同过去，很多人的过去在向我扑来。波浪，大海，它在发怒，对混杂在海难遗骸中的是是非非发怒。

我大部分时间是胳膊肘撑在写字台上睡觉，或茫然地望着窗外抽烟，窗户朝着马波乔河和拉奇姆巴街区，鲁文·达里奥和佩德罗·安东尼奥·冈萨雷斯两位诗人如痴如醉的幽灵在那里游荡。我在上大学的时候曾经一边佯装饶有兴趣地聆听罗马法律学老师硬塞给学生的无用知识，一边读这两位诗人的诗作。这都是过去的事了，顶多勾起我对二十来岁时那股机灵劲儿的一丝怀念，对那长到肩膀的一头黑发的一丝怀念，仅此而已。我的头发一直硬实浓密，可是已经由乌黑变成花白，让我不得不承认时日已经渐渐流逝，不可逆转。我什么都不太往心里去，唯独想起人生就如同一把沙子渐渐从指缝间溜掉时，会感到愁苦。

我刹住回忆的车轮，走出家门，想到街区转转。我平时乘电梯上下楼，这次从楼梯下楼。途中，我虽没有将从七层到底层的阶梯数一遍，却将这幢楼住户的一些情况捋了一遍。我回想起斯特文斯，那位曾帮助我侦破一起私造炸弹案的盲人邻居，想起几个为一家按摩室提供服务的姑娘——由于十几个循规蹈矩的女邻居反对，按摩室最终关闭了。剩下的邻居，大多都戴有一副假面具，我进出这楼常与他们碰面，不知姓甚名谁，说不上好与不好，每天下午总听到他们言语相争，或者听到从他们房间传出刺耳的音乐声，但我还不至于为此同他们闹翻，跑到楼道大喊“给我安静点儿”。

我散步到堂吉诃德酒馆，在那里喝了杯葡萄酒。听两位酒馆老顾客聊天是一种消遣。他们在酒神巴科[1]的陪伴下已经喝了多时，眼前的事情已经辨别不清了。后来我回到工作室，

1　罗马人对古希腊神话中的酒神狄俄尼索斯的称呼。

打算为一本放在写字台上的书写书评。走进楼里，楼房管理员叫住我。楼房管理员个子不高，显得苍白，刚应聘到任的。他竭尽周到，努力赢得住户的尊敬。

“埃雷迪亚先生，有您的信函。”他说，同时将半打信封朝我递过来。

“信函？”

“信。”楼房管理员解释道，语气里略带对我可能不懂词义的同情。我使劲想这个词在哪里见过，原来是在少年时代读的斗篷与宝剑的侠客小说里见过。

“邮递员不将信送到收信人家里了吗？”

“我在管理处收到信，然后交给收信人。”

“很有效率。”我略带讽刺地说，“朋友，您叫什么名字？”

“费利克斯·多明戈·比达尔。”

“费利斯·多明戈。”

“费利克斯，带字母x，和xenófobo（排队人），xilófono（木琴）一样。”

我辞别费利斯·多明戈走进电梯，同时把信封查看一番。大多是金融机构理财产品的宣传册，为了让人购买把产品说得天花乱坠。剩下的，一封是邀请订阅关于难忘的犯罪案例的杂志，另一封是一位老顾客寄来的信和支票，感谢我的服务并为延迟寄来酬金表示歉意。支票的金额并不大，但除了够支付房费，买一两本书，带格里塞塔去看电影，还可以在一位墨西哥朋友先前赠我的响尾蛇皮钱包里存上一些带有安德烈斯·贝略头像的票子。最后一封是寄给名叫德西德里奥·埃尔南德斯的，他住在707室，与我的工作室相隔两三个房门。我本想回到一层让那个高效的费利斯·多明戈看看他的差错，但又觉得上下太费事，我宁愿自个儿把这错误给弥补了。我走出电梯，感觉楼道比往常暗了些，看见我工作室的招牌，禁不住微微笑了一下。牌子是树脂质地，镶边已经褪色，但“埃雷迪亚法律事务调查”的字样保持着当初的生气。我走到707室门前，按响一侧的门铃，等候里面的回应。几秒钟后，我再次按响门铃，听到室内有人吃力地拉开门闩的响声，一个男子的脑袋随即探出来，脸颊刮得干净，有点儿僵硬，像涂有一层蜡；蓄着黑胡子，染过色。这位男子以疑惧的眼神对我审视一番，不曾为我的出现露出丁点儿热情神色。

“是德西德里奥·埃尔南德斯先生吗？”我为意外摊上这投递差事而叫苦。

“什么事？”那人语气生硬，像剃头刀一样锋利。

“楼房管理员把我的信件交给了我，可能他搞错了，其中有您名下的信，我们是邻居，我想直接交给您，就……”

“给我！”埃尔南德斯不让我解释完就命令道。

我把信递给他。他检验一番，信是封着的，于是半个字没说，便把门关上了。我再次听到拉门闩的声音，我只得强压气恼，真想朝门踹一脚。

“亲善是我们这个时代弥足珍贵的财富。”我一边大声说，一边向我的房门走去。

我在煮咖啡，就把这档子小插曲给忘了。同别人一起居住在一栋楼，也就是任性的命运把我们同陌生人联系起来的一种形式。这种形式有时候表现为强有力的纽带，有时候则表现为十分脆弱的丝线，见面打个招呼或耸下肩膀而已。城市迫使生活变得快捷，没有什么人情味儿，没有很多展示感情的机会，人人都怀着莫管他人瓦上霜的心态，除非他天生爱管闲事，再不然就是喜欢关心别人疾苦的作家。

我在座椅上坐稳，面对写字台，在翻开手头的书之前，先点上一支烟。书的名字是《教育在城市环境中的作用》。我想打哈欠。

“你赞同吗？”我问西默农。

“赞同什么？”猫一边问我，一边试图捕捉一只黑翅膀大黄蜂。

“最近我们没有很多可谈的东西。”我回答猫，同时看看手表上的时间。

2

百无聊赖的感觉犹如蚂蚁在贪婪地啃咬我的肌肤。我要写书评的书读不下去。首页就像一股酒坛里散发出的浓烈的酒的气味，让人驻足不前。必须寻找新顾客，不然就得到精神病院待着，就得像狗一样在月光下嚎叫。可找新顾客谈何容易，不会有人敲我工作室的门的。从电话簿上看，私人侦探所一直在增多，这仿佛是个新鲜事，有的私人侦探公司竟然大胆到将提供侦探服务的宣传册从门缝塞进来，上面标明提供寻找丢失车辆、追踪不忠伴侣、亲子鉴定化验、用微型摄像机监视保姆、网络调查、寻找司法证据等方面的服务。一位没有足够洞察力、没有破解疑难能力的侦探在这种时候是难以维持的。

电话铃打断了我内心的抱怨。我拿起话筒，听到有人叫我的名字，是埃斯克里瓦少气无力的声音。他是我的一位朋友，我们在西蒂酒吧或艾尔林鲍德酒吧一起喝酒，我给他讲述奇闻逸事，他则以此为依据写小说。

“艺术女神待你怎样？”我问他，“你仍在写我这位小人物，还是又有了新的题材？”

“都不是，埃雷迪亚。我正为写作犯难呢。我急需你的故事，随便什么故事，即便你认为微不足道的故事都可以。”

“我没有故事给你讲，埃斯克里瓦，什么故事都没有。两个月来，连个小虫子都不曾进我的工作室。我就是个无马骑士，连像拉曼查那个干瘦的骑士[1]那样同风车战斗的机会都没有，他庆贺过四百岁生日，征战的豪气依然不减当年。”

“人家要我写一部短篇小说，我指望你助我脱离危难。”

“恐怕你得发掘你的想象力啦。”

“那你得请我喝一杯。你是工作室无顾客，我是囊中无银子。”埃斯克里瓦说。

“改行吧。去卖热狗或糖渍花生米。没人对作家和作家的书感兴趣的。大多数人宁肯把钱花在吃汉堡或油炸土豆上。有些人已经处在悬崖边上还不回头。越来越肥胖，体形身材肥大，愚蠢无比。”

“我已经想好写一部关于你的小说，以赛马为背景。你觉得怎样？”

“我提醒你这个题材很难有一个精彩的结局。赛马，不是赢就是输，其余的都是次要的。”

“你实在让人捉摸不透。希望下次谈话你能有好的故事讲给我听。”

“看报纸，进酒吧，街上散步，我向你保证，这座城市随

1　指堂吉诃德。

时随地都在发生值得讲述的故事。”

格里塞塔走进我的工作室，走到我身边，吻一下我的嘴唇。她很久没像我们认识时那样，留朋克发型、穿黑色服装了。然而她的红色锯齿状的发型却使她依旧有我当年第一次见到她时无忧无虑的风韵。陪她一同来的是位身着两件式蓝色套裙的老年黑皮肤女子。

“这位是比希尼娅·雷耶斯。”格里塞塔把陌生女子介绍给我。我向她示意写字台前有一把椅子。这位女子没吱声，坐了下来。我瞥了她一眼，她的面部表情使我克制住点烟的欲望。她鼻子两侧有几处深色斑块，嘴唇涂有淡淡口红，布满细微的皱纹。

“比希尼娅是我中学时的数学老师。”格里塞塔说。我意识到接下来有什么故事要讲。“我毕业后我们就没再见过面，我们是两个月前在超市相遇的。我们当时约定下个星期一起吃饭。就在我们约定见面的头一天，她打电话给我，说她唯一的弟弟死了。”

“我感到很难过。”我说。我的话是出于本能，声音含有难以抑制的悲伤。比希尼娅·雷耶斯微笑了一下，表示心意领了，随即将蓝色裙子抚抚平，以深情的目光看了看刚跳上写字台、好像对谈话感兴趣的西默农。

“格里塞塔对我说过，您是私人侦探，侦办各种犯罪案件。”

“有时候，只要我能力所及或者有机会，我是会做您说的工作的。”我说，同时在自问是否有足够的勇气继续听这位女子接下来要讲的故事。

“既然这样，也许您能帮助我……”这女子补充道。

“您指什么事？”我以官方咨询处窗口后面官员那种不冷不热的语气问。

“我弟弟赫尔曼被杀害了。是事先守候在他工作单位大门口的两个男子向他开的枪。他当场毙命，当时没有人能帮助他。”

“如果是一起街头抢劫案，警察侦办起来会更得心应手。派出秘密警察，很快就会发现肇事者的踪迹。”

“针对我弟弟的凶杀并非普通的抢劫。我认为凶手制造出拦路抢劫的假象，目的是迷惑警察。”

“是什么让您认为是凶犯制造的假象呢？”

“他们没有劫去任何东西，而他身上带有他当月的工资和一块从叔叔那里继承的手表。”

“也许是两个不够老练的劫匪，他们开枪后吓坏了，于是只顾逃命。这种情况并不罕见。”

“警察也是这么说的。然而在我弟弟被杀前一个星期，他曾对我说他觉得有人在跟踪他。”

“会是什么人跟踪呢？”

“赫尔曼之前在他常去的地方看见过两个男人，在街上也看见过他们。这情况使他感到害怕。”

“既然人们都认为至少因为政治原因而进行暗杀的时代已经成为过去，我还是建议您采取必要的法律手段。”

“我弟弟被杀害之后，我就怀疑法律是否真有什么用处。

我弟弟在最后这段时间里行为异常，每次回到家便把自己关在房间里。如果他有什么麻烦，我想会和他工作的那个货栈里所发生的事有关。”

“确切地说，您指的是什么事？”

“发生偷盗，和同事发生纠葛。我也不知道。我唯一确定无疑的是警方对他的死没有予以应有的重视。”

“您弟弟多大了？”

“六十岁。”

“已婚吗？”

“他二十五岁结的婚，四年后离了，没孩子，很长时间无意再婚。两年前他有一位女友，发展下去也许他会和她一起生活。她叫贝尼尔德·罗斯，在一家医院当护士。”

“她对发生的事是怎么想的？”

“她怎么想，我真的是不知道。我是在我弟弟的葬礼上见到她的，当时好像她只有悲伤，没有别的。之后我再没见到她。我们从来不交往，我记得她仅来过我家一次。”

“您弟弟有朋友吗？他信得过的人。”

“没有一个来过家里。我知道他常去一家俱乐部或去他很少说起的协会参加聚会。”

“您弟弟平时话不多。”

“他必要时才有话，会同我和我的女儿们说。当格里塞塔给我讲了您的情况，我就开始想我能向您讲多少我弟弟的情况。说句实在话，真讲不出多少。我们相差七岁。赫尔曼是我父亲第二次婚姻所生的。我们姐弟俩之间除了血缘关系，从来没有和谐的交流。”

“他遭到两个男子的袭击您是怎么知道的？”

“有一位目击者，赫尔曼的同事达里奥·卡维略，是他向警方陈述的事件经过。”

“你能帮助比希尼娅吗？”格里塞塔问。我朝窗外阳光灿烂的地平线望去，没有回答。

“我可以为您的服务支付报酬。”比希尼娅·雷耶斯察觉到我没有兴趣的表情，补充说。

“我并非在考虑报酬，夫人。首先是您的弟弟似乎有些神秘。”

“您这话是什么意思？”这位女老师问。

“如果我们找到他害怕的原因，也许我们就能知道谁是杀害他的凶手。当然，是在设定这不是因偷盗引起的袭击的前提下。”

“这个案件你接手吗？”格里塞塔问，显得不耐烦。

“我有几个问题要问，当然这并不意味着我能够得出不同于警方的结论。”我说，然后停一下，从工作室的窗户往外看。接下来，我问这位老师她弟弟生前工作单位的名字。

“巴拉卡莱昂货栈，位于比库尼亚麦肯纳大街靠前的几个街区，赫尔曼在那里当出纳。”

“我还需要知道贝尼尔德·罗斯的住处，并查看您弟弟的遗物。”

3

“感谢你帮助比希尼娅，”格里塞塔说，“她是个好人，不知道向谁求助，因此我就冒昧把你推荐给她，希望没让你不快。”

女老师早已走了。西默农是我和格里塞塔拥抱的唯一见证者，这时夜幕在缓缓降临。

“哪里的话，整天写书评我都要憋死了。呼吸到大街上的空气我会好起来的，特别是当大功告成时，有一位为我的业绩自豪的侍女[1]等着我呢。”

“侍女？现在是21世纪，我也不再是你几年前认识的小姑娘了，再说了，妇女早就不再是谁的奖品了。”

“我就是一句玩笑话，想不到招致这顿指责……”

“我这是在给你那种不合时宜的大男子主义打预防针。”

“并非只有其貌不扬的男人才有疯狂的权利。”我吻着格里

1　指堂吉诃德的未婚妻。

塞塔的嘴唇，“那位美人，那位托沃索[1]美人也并非妙龄少女。”

比希尼娅·雷耶斯在她家客厅里接待了我。房间狭小，光线暗淡，两把扶手椅，一张桌子上面放着几个瓷制烟灰缸和一个大盘子，上面是一张合影照片，我猜想是她、她丈夫和两个女儿的肖像。她端给我一杯咖啡。在递给我咖啡的同时，她重申了不与弟弟往来的自责心情。没有一件事是在我工作室没说过的，或者说没有一件事是无法原谅的。于是，我请求看看赫尔曼的房间。她带我走进一个阴暗的过道，同时告诉我她丈夫六年前去世，女儿们在大学分别修教育学和社会服务专业。

“赫尔曼的东西原封未动，保持他生前的摆放位置。”当我们走进赫尔曼的房间时，她说。房间里最醒目的是那扇窗户，对着一个院子，院子里有玫瑰、雏菊和其他一些我不认识的植物。房间的其余部分和家具都显得有些寒酸。一张带铜制床头的床、一个双体衣柜、一把木质椅子和一张写字桌，桌上放着几本书和一台老掉牙的收音机。

“我想我最好能单独进去查看一下。”

“您随便看。”女子回应道，语气略带不快。

首先引起我注意的是挨床摆放的床头柜上的镶框照片。

1　西班牙地名，堂吉诃德未婚妻的出生地。

那是位皮肤棕黑、神情抑郁的女子和一位头已谢顶、胡须花白浓密的男子的照片。我猜想他们是赫尔曼和他女友。我将照片从框里取出，放进上衣口袋。

在衣柜里我看到一套皱巴巴的三件套西装、两件衬衫和一条暗色领带，还有几双开了线的皮鞋和一堆报纸。没有一样东西引起我的注意，床头柜抽屉里也没有什么特别的东西。一些阿司匹林药片、两支铅笔、几枚硬币和一本民间谚语。我将床头柜抽屉合上，注意到写字桌上的那些书大多是作者不详的政治文论和几部英国间谍和犯罪小说家埃里克·安布勒的小说。写字桌抽屉里我发现一盒发黄了的明信片、一本国家银行的存折、几本体育杂志。存折上的钱不到二十万比索。我查看那些体育杂志时，一张半截纸条从杂志里掉在了地上。是一位肥胖、络腮胡子、头发修剪得非常整齐的男子的印刷照片。照片上有注释："行刑医生韦内尔·希内利"。我将纸条仔细审视一番，放回原处。之后，我在床上坐下来，点上一支烟慢慢吸了一口，努力想象之前住在这个房间的男子的内心情感活动。

后来我回到我的工作室，将赫尔曼·雷耶斯的照片摆在写字台上，把去他姐姐家的情况记在我的记事本上。唯一可以下结论的是赫尔曼是个孤独的人。除了贝尼尔德·罗斯的存在，他给人的印象是不与人往来，或者远离所有与自己无关的事，是个与世无争的人。

我想到了马科斯·坎贝尔，经常帮助我侦办案件的记者朋友。于是我给他打电话。我听他抱怨完工作太多之后，问他是否在有关独裁时期践踏人权的报告中看到过韦内尔·希内利医生的名字。

“压根儿不记得有这个名字。”

“你能查查你的文档吗?”我问他，因为我记得记者都会将自己写的文章加上用过的相关背景资料精心归档保存。

“这会儿不行,”坎贝尔沉默了一会儿,“独裁时期有一些医生参与过行刑，其中一些已经被医学院吊销了行医执照。埃雷迪亚，你在掺和什么麻烦事呢?你还在清算过去的老账吗?”

“过去和现在有着千丝万缕的联系，这不能怪我啊。历史是不能被遗忘的，更不能被轻描淡写。”我回答说，然后耐着性子向他讲述了我去那位女老师家的情况。

“不就是他曾在大街上捡到或者什么人留在他家的一张半截纸条嘛!”我告诉他在赫尔曼的房间里发现的那张半截纸条时，坎贝尔说,“也许是他在死之前清理过他的写字台，而你发现的是没被当作垃圾处理掉的几张纸而已。”

“可能是我的判断有误。”我心有不甘地说,“不过，无论如何，请你查查你的文档，我将感激不尽……”

“这年头我不能白干，埃雷迪亚，你得付我几杯酒钱。”

“请原谅这么晚给您打电话。我心有疑惑，就想很快找到答案。”我听到女老师的声音后说。

“没关系!我在看我丈夫原来喜欢看的那种破电视节目：漂亮的小妞，身材美而脑髓少的名媛。不过您一定不是为听我抱怨电视节目才给我打电话的吧。有什么消息吗?”

“我想问您一个问题，雷耶斯夫人。您的弟弟遇害前几天，彻底清理过房间吗？我并非仅仅指扫除灰尘。他整理过文稿吗？销毁过文件吗？”

“这重要吗？”

“他清理过没有？”

“他有成堆的杂志和剪报。一天下午，他把这些都扔掉了。房间焕然一新。我当时不得不向他表示祝贺！”

“清除的文件，是扔到垃圾箱了呢？还是带到什么地方了呢？”

“他扔掉了七大塑料袋文件。”

“您在我工作室说有人在跟踪您的弟弟。您认为这样的清理与他感到恐惧有关联吗？”

“自我同您谈话后，我多次自问把我弟弟的那些话作为绝对实情告诉您是否正确。也许我轻率了。”

“您这话是什么意思？”我问，同时听到那女子断断续续的呼吸声。

“我们在您工作室谈话时，有些话我没有对您说。赫尔曼在军事政变后曾被逮捕过……”

“那么这可能是他害怕的理由吗？”

“可能。这段经历，赫尔曼永远不能释怀，可以说是刻骨铭心。不仅如此，他对有关行刑的消息像着了迷一样，一直在剪辑报纸上有关刑讯的报道和采访，关于对军人审判的新闻、访谈的文章。他大部分工资都花在购买报纸和杂志上。”

“既然是这样，他突然扔掉自己日积月累的东西，您不觉得奇怪吗？”

“他死的前两个月曾对我说在接受心理医生的治疗。他把自己的房间清扫干净的时候，我还想这一定是心理医生的建议，是鼓励他与过去保持距离的办法。”

“心理医生？”

“我说过了，他无法摆脱他被捕的那段经历。”

“那位心理医生的名字您记得吗？”

“放在床头柜上的记事本里我记得有。您等一下，我给您拿去。”

我利用这个空当点上一支烟，抚摸一下一直在专心听我们谈话的西默农的脑袋。

“天天都回家、最冒险的事就是穿过大街——你就从未问过自己同一个这样的主人生活在一起会怎样吗？”

“埃雷迪亚，你就别逗了！你这种疯话我已经习以为常了。”

从电话里我听到一阵脚步声，很快又是女老师的声音。

“那位心理医生叫安娜·梅尔戈萨。”她说，然后给了我一个电话号码。

我听到比希尼娅·雷耶斯说再见后，觉得一阵茫然。我像一颗生锈的轴承，在被扔进废品库之前，被迫做最后一次运转。为什么要调查一桩几天前对我来说还毫无意义的命案呢？我原本不知道有这回事。是好奇心，是无孔不入的好奇心害的，我心里答道。我有色子的点儿掷得不对的感觉，赌局的底牌在别处，不在赫尔曼·雷耶斯的卧室，也不在他姐姐充满抱怨的言语里。我来到街上，朝安塞尔莫的报亭走去。

我的这位朋友在听一场足球比赛的无线广播，谢了顶的脑袋戴一顶灯芯绒帽，穿一件智利大学俱乐部的运动衫。我在报亭门口的木凳上坐下，点上一支烟。从街区酒吧传出欢快的昆比亚舞曲[1]。夜晚恬静宜人，一时间我产生了身处一条船上，在海面上漫无方向地向前行驶的幻觉。

“你天天守着这么个报亭不烦吗？”我问安塞尔莫，一边看着他将一大摞要退还给发货员的杂志规整起来。

“这就是我安身立命的营生，不然我就得坐在大街旁伸手乞讨，变成在这条街区那么多衣食无着的人中的一个。你怎么冒出这个问题？莫不是你有什么好生意给我？还是奇诺[2]中了奖，想让我分享奖金不成？”

“我倒是弄到一份工作，可又有点儿懒得干。”

“这就让人不懂啦，堂。昨天你还在抱怨没事干，今天又在说活儿是有了，却懒得干。”

“我不是抱怨。我只是想到这每天一睁眼，我浑身骨头嘎嘎作响。”

“这是长时间不工作的缘故，埃雷迪亚。工作的欲望就如同有益的毒品在你体内慢慢起作用，”安塞尔莫说，“我做赛马师的时候，曾摊上帕塔格兰德，一匹出类拔萃的赛马，高大雄健。驯马师总告诉我，起步几米你不要催促它，首先让它放松。它要长途奔驰，进入赛道需要热身。但是一旦热身做好，它就如同风驰电掣，一发不可收。我骑着这匹赛马就

---

1 起源于哥伦比亚的一种舞曲。

2 漫画《奇诺之旅》中的人物。

像出色冠军那样，一路超越，一路狂奔，赢得了两次大赛。”

“我真想就这么坐在你报亭旁边，专心欣赏这似水人生。”

“要有耐心，堂。到退休，你还得有耐心。在阿马斯广场喂鸽子的日子会到的。眼下，你还是设法以尽可能好的态度做好你的工作。这新的案子是哪方面的？”

“是一个在自己工作单位大门口被人杀害的案子。”

“有证人吗？”

“只有一个证人，我正打算去询问他呢。”

“你得沉住气，堂。我们先抽抽烟，然后你就去睡觉。我这建议怎样？”

“不坏，安塞尔莫，因为我听到了比这更坏的建议。”

我一只脚刚踏进工作室，讨厌的电话铃就响了。我拿起话筒，听到马科斯·坎贝尔老大不高兴的声音。

“这是我半个小时内给你打的第五次电话。你到哪儿去了，埃雷迪亚？”

“我去品尝星级酒是否地道了。”

“你什么时候开始喝星级酒的？”他不等我回答又补充道，“希内利曾是空军医生，军事政权倒台后，他被指控参与过埃尔博斯克基地的刑讯。好像他当时负责对在押人员实施电击和其他酷刑，甚至还被指控对战友实施过酷刑。他撇得很干净，但现在有人信誓旦旦地说当时在刑讯室见过他。”

“你能告诉我在什么地方能找到他吗？”

“我想你只能在墓地找到他了。他去年死了。”

“倘若活着，我还真想有机会见见他。”

“只能说是个遗憾。”

“这仅仅是一扇封死的门。我既不会为此哭泣，也不会为此抱怨。”

4

一死百了。受害者和加害者被这同一堆泥土掩盖起来，或者被这同一场雨水冲击，将这碑上的铭文荡涤。生活中有什么事将希内利和赫尔曼·雷耶斯联系在一起吗？时间在流逝，时间将这暗地里实施酷刑的痕迹抹去，将那痛苦尖叫的回声弱化，将行刑者的残忍淡化，将法官的同谋行径抹去，将那令人费解的判词隐去。岁月的流逝，人们的沉默，死去的被淡忘，被遗忘。这是因为什么？是因为痛苦？是因为害怕？是因为屈辱？如果不能让死者复生，不能将幸存者的梦魇消除，将是天理难容。在静谧中，除了西默农没有别人，我想起坎贝尔的话，我自问写有希内利名字的纸条有何意义。直觉告诉我纸条上有一个暗号，但不是我先前想象的那样简单。是时间使语言和事实变得模糊不清。我提醒自己不要忘了这一点，再没有什么可想，我上床闭上眼睛，希望忘却房内这沉重的孤独感。

西默农用它的爪子摸我的面颊，我睁开眼，看见它趴在我胸口上，胖乎乎的。我看了看它的眼睛，抚摸它的下巴，听到它打起鼾来。

“似乎是一个好天的开始，”我喃喃自语道，“太阳依旧，看不出任何异样，我有事做了。我还能奢求什么？”

“我的早餐，你两周前答应我的牛排。”

“你要有耐心。我正期待结识一位富有的女庄园主，或者花盆架上长出奶牛。”

“自走进这个家的第一天起我就成了有耐心的猫。”

“你在变瘦，你在忍饥挨饿。给你一个鲑鱼罐头和一些水，还有什么抱怨吗？”

西默农跟随我到厨房。我从冰箱里取出一盒牛奶，倒进两只杯子里，然后从柜子里取出饼干盒，在西默农跟前放上几片饼干。猫开始使劲啃嚼饼干，然后以期待的目光看看我。又有两片饼干落入爪中。

“都好吗，埃雷迪亚先生？您身体好吗？您的狗好吗？”楼房管理员看见我从电梯出来走向楼的出口，问道。

“都好，费利斯·多明戈。”

“费利克斯，带字母x，请您记住。”

“是xilofón（木琴），xilógrafo（木刻家）词里的字母x，我记住了。”

“祝您一天好运，埃雷迪亚先生！”

“您也一样，费利斯·多明戈。”我一边回答，一边回想我从电话簿上查到的巴拉卡莱昂货栈的地址。

巴拉卡莱昂货栈占地面积整整一个街区，货栈内灯火通明，通道和货架迷宫一般，货架上摆满各类尺寸不一的木材、铁器、颜料、油漆、工具、钉子、螺钉，大量家用电器、灯具和家具。货栈内散发出木头、橡胶和金属的混合气味。我走进货栈大门便把鼻子捂起来，没去注意一位动人的黑皮肤女子推销正在打折的锤子和钳子，径直朝写有“问询处”字样的大牌子下方的窗口走去。在问询处窗口排上队，我前面有三个人。窗口里面有一位长得像老鼠的家伙在快速回答顾客的各种问询。他好像无所不知，从一加仑合成胶乳的效能，到聚硅酮的化学成分。轮到我时，我告诉他我找达里奥·卡维略。这位说人话的老鼠睁大眼睛，我担心他会让我到别处去问。

“卡维略，卡维略，达里奥·卡维略，”他一边高声说，一边斟酌答词，“做警卫工作，除非他有什么特殊情况，或在休假，这会儿他应该在25号到30号通道之间。”

我顺着通道漫步十来分钟，正要折回问询处的小窗口时，隐约看见一名保安在第28号通道的尽头驻足。是个粗壮高大的高鼻子男子。他脚穿厚底鞋，看上去摇摇晃晃的。我一边迎着他走过去，一边自问他真的是在监视购物者呢，还是一个没人敢将其唤醒的梦游症患者。

“是达里奥·卡维略吗？”我走到他身边问。

这位保安把我从头到脚打量一番，然后将挂在脖子上的工作牌指给我看。我看证件上的名字，确认我找对了地方，他正是我要找的人。

“我叫埃雷迪亚，我想和您谈谈赫尔曼·雷耶斯的情况。”我对他说，“有人告诉我您是那场要了他命的袭击的目击者。”

“又是警察吗？”他警惕地问，“事发当天我就同几位侦探谈过了。”

“一定是这样。不过他们没有一个提出我要弄清的疑问。”

“什么疑问？除了先前的证词，我没有要补充的。”

“我认为赫尔曼之死并不是一起普通的抢劫所致。”

“您凭什么认为您的同事们弄错了呢？”

“我不是同您谈过话的那些人的同事。我是私人侦探，我在为死者的姐姐，比希尼娅·雷耶斯夫人工作。”

“如果我不愿和您谈会怎样？”卡维略说，同时注视着一位搬动装满钳子和螺丝刀箱子的顾客。

“我可以求助几位警察朋友，由他们负责向您问同样的问题。卡维略，请不要使事情复杂化。我就占用您几分钟的时间。如果我没弄错，您和赫尔曼是朋友。”

卡维略似乎没有在听我说什么，注意力又落在观察货箱的顾客身上，那是一位年轻、清瘦、病恹恹的男子。

“您认识他？”

“佩德里托，老练的扒手。他来这里，在货栈里转悠，总要把什么东西掖进他的衣服里带走。”

“您为什么不抓他呢？”

“他六个月前才从牢里出来，有艾滋病，活不了几天啦。”

卡维略说。然后，为提醒自己是这里的保安，他看了看自己的身份牌，补充说："少两三把钳子不会导致货栈倒闭。"

"我喜欢您的这种达观，朋友。"

"我不是您的朋友，您也不像警察的朋友。我曾经是侦缉队员，我一眼就看出一个人穿几号鞋子。"

"侦缉队员？"

"做了十年的侦缉队员。当他们告诉我，要派我到卡拉马去，我决定另找一份工作。从前，他们曾派我到洛杉矶和兰卡瓜两个城市。我厌倦调来调去，希望生活在圣地亚哥，这儿是我的出生地，我希望在这儿安度晚年，如果这不算贪心的话。"

"这么说，您有很好的条件可以帮我。您听听我的问题，想想您的朋友赫尔曼，然后再决定是否回答我。"

"头儿不喜欢手下的人工作时间谈话。再有一个小时我就下班了。您到货栈对面的酒吧等我。酒吧说不上豪华，但我们可以安静地谈话。"

看上去酒吧的装潢都是其他更豪华酒吧废弃不用的物件。桌子没有一张是一样的，桌椅也不配套，陈旧磨损或修复过的，仿佛都是劫后余生，饱经沧桑。然而酒吧的老顾客和酒吧的服务生丝毫不在乎这些，服务生从这张桌子到那张桌子跑来跑去，犹如战场上救护伤员的护士。

卡维略准时来到。他背一个帆布包，脱去保安制服显得更年轻、瘦削。他向吧台那位小伙子打了个招呼，然后找到我的桌子，不慌不忙走过来。

“我看得出来您没有浪费时间。”他指着桌子上的酒瓶说。

“为了不在这儿干等，我要了一瓶啤酒。质量不是上等，但至少是冰镇的。”

“我经常和赫尔曼来这儿。月底，我们领了工资，就来这儿。”卡维略在一把椅子上坐下，叫服务生，要了一杯啤酒和橘子味儿汽水的混合饮料。

“他是怎样一个人？”我问他，“他姐姐曾向我描述，他是个喜欢独处、少言寡语的人。”

“他不大喜欢交际，不过一旦对谁有了信任，也常开怀畅谈。他在货栈当出纳，头儿们对他的印象很好。我们成了朋友之后，他很在意我过去干过侦缉队那档子事，经常问我过去工作的情况，问参与独裁统治时期镇压活动的官员的情况。”

“那您是怎样回答他的呢？”

“我只是听说。我是在国家恢复民主后当的侦缉队员。以前发生的迫害都是我不曾参与的历史。我喜欢警察这个行当，我之所以退出警察界，是因为我前面说的缘故。”

“他问您的问题就没有引起您的注意吗？”

“起初我还觉得这是个古怪的话题，然而随着时间的推移，我终于明白了他的心思。”

“为什么这么说？”

“有一次他暗示在军政府时期他有过麻烦。对此他从未明言，我也无意探究他的往事。对别人的痛处不能随意触动。”

“他向您提起过最近有人在跟踪他吗？”

“跟踪？谁跟踪他？”

“这正是我想知道的。这是赫尔曼告诉他姐姐的。”

“这事他应该告诉我的。”卡维略说，“我可以帮助他弄清楚这跟踪是真实的，还是他臆想中的事。”

“您目睹了赫尔曼被枪杀。”我说，逐渐将话题引向我感兴趣的方向。

“我当时在货栈门口值班。肇事人是下班前半个小时到的，他们是乘一辆红色两厢越野车来的，他们穿灰色裤子，皮外套。我初次看见他们没有在意，以为是两位等待交货的货栈顾客。后来我得去趟仓库，回来时他们依旧在老地方。这时我对他们开始注意了，都是老家伙，六十开外。其中一个清瘦，秃顶；另一个个子较矮，粗壮，一头白发，一副令人尊敬的模样。我当时一度忘了他们的存在，一会儿赫尔曼出现了。他告诉我说他要去看他的未婚妻，我们彼此告别。”

“就这些吗？”

“赫尔曼从货栈走出来，穿过街道。这时那两个男子从越野车上下来，开始朝赫尔曼的方向走去。这是我亲眼所见。如果我告诉你我当时有某种预感或类似的感觉那是撒谎。一切都是瞬间的事，两个男人在离赫尔曼不到两米的地方拔出手枪。白头发的家伙先开枪，两枪。赫尔曼倒在了地上，这时秃顶的家伙开了枪，又是两枪。我从货栈出来，朝我朋友躺的地方跑去。我什么也做不了，手上只有一根警棍和手铐。凶手上车逃之夭夭，没人能阻挡他们。我想记下他们的车牌号，可车牌号被泥土盖上了。赫尔曼是在我怀里死去的。”

“我听说凶手没有拿走他身上的东西。”

“他们只是担心子弹没有击中要害。”

“也许是他们看到您从货栈跑出来害怕了。”

“这是警方的假设。”

我喝干杯中的酒，卡维略也干了他的啤酒。

“您觉得这假设有说服力吗？”我问卡维略。

“我觉得做出这个假设的人不愿动脑子思考，也没有调查。”保安回答说，“他们为什么抢劫赫尔曼呢？他们为什么要费那个工夫等他从货栈出来呢？难道就为了他领到的那点儿工资吗？”

“赫尔曼给您说过他有债务吗？”

“没有。不过他欠点儿债我也不觉得奇怪。在货栈工作的大多债台高筑，银行的贷款、商店的借贷缠身。”

“我想的是赌博或吸毒。”

“看来您并不了解他。”卡维略说，“赫尔曼是个健康的人。”

“您能认出凶手吗？”我问他。

“肯定能。他们似乎仍在我眼前。两个穿戴像年轻帮派头子的老家伙。”

“现在的问题是弄清楚他们住在什么地方。也许还有人见到过他们。您能在您的同事中打听一下吗？如果我去打听，他们定会更不愿开口。”我说，同时从上衣口袋里掏出已经旧了的名片。

“埃雷迪亚与合作者侦探所，”这位货栈保安大声读道，“您还有合伙人？”

“一只懒猫和安塞尔莫，一位提供街区信息的报亭售报员。名片背面有安塞尔莫的手机号。如果我的工作室电话无人接，您又想留口信的话，就打这个电话。”

又待了一会儿，我们朝酒吧门口走去，这时我感觉到有一双眼睛注视着我们的后背。我回转身，看见挨着吧台坐着一位高个男子，似乎对我和卡维略的行动有兴趣。

“坐在吧台左端的那个胖子您认识吗？”我问卡维略。

保安朝他瞥了一眼，点了点头。

“他叫阿蒂略·蒙特贡，是三个月前来货栈的。是经理的什么顾问，至于他在做什么没人确切知道。他出现在这儿我并不意外，他酒量大，可能是在找一位伙计陪他喝酒。”

5

“天虽没下雨，却在滴小雨滴。赫尔曼的案子越来越让我觉得心神不宁。”我尝了一口西蒂酒吧服务生马塞洛端上来的滋补伏特加酒，对格里塞塔说。

我们看完一场电影，来到这家酒吧。克林特·伊斯特伍德在片中扮演一位教练，教导一位志在从事拳击职业的姑娘。酒吧和往常一样安静，大厅里就我们和另外一对夫妇，他们远离门口和服务生视线，在兴致勃勃地谈话。

“调查会有结果吗？”格里塞塔一边翻开日记本，一边问我，“保安的证词和比希尼娅的怀疑是你目前唯一掌握的东西。也许我把我的这位朋友带进你的工作室有点儿冒失。”

“我会再问她一些问题。”我不想继续这个话题，于是问格里塞塔是否坚持回她自己家过夜。

“我明早去拉塞雷纳[1]，一大早就得到机场。就去一天，顶

1 智利地名。

多两天。”

“可以的话，你应该告诉他们你需要一位保镖，否则就不要来回派遣你，像空姐那样飞来飞去。最近三个月中，你就去了三五个不同城市。”

格里塞塔凑到我的脸上，吻了一下我的嘴唇。

“我们见面之前，你就先尝尝孤独的滋味儿吧。”

“就是不合群的猫偶尔也需要爱抚一下的。”

“你既不是猫，也不缺爱抚。你是你，我是我，听起来像是绕口令，可这是我们协议的核心。”

我送格里塞塔上出租车，目送她朝城市东区远去。夜晚闷热，波塔尔埃尔南德斯孔查街的餐馆还亮着灯，在招待当天最后的顾客。阿马斯广场的长椅上坐着几对夫妇和一两位期待妓女夜间陪伴的男子。我先是在广场逛游，后来朝普恩特大街走去，在一个明亮的玻璃橱窗前停住脚步，一边点香烟，一边看新款手机的优惠促销广告。不一会儿，我对这广告失去兴趣，本能地向后看一眼。一位帽檐压得很低、遮着眼睛的男子似乎对我的行迹很感兴趣。我装出若无其事的样子，表面上依然对橱窗里的手机感兴趣，然后继续往前走。那个男子也一样，我断定他是在等待最佳时机，好将拳头朝我打过来。我想可以迎上他，要不就像兔子一样逃掉。这个陌生人的体形使我选择第二个选项。我没有勇气展开一场不对等的殴打，于是就凭借对这街区大街小巷熟悉的优势，甩掉这个尾巴。五分钟后，我确认再没有人暗中尾随。

我长出口气，随即便自问这个戴帽子的男子是真实的还是幻觉呢。

西默农跳到写字台上面，将毛茸茸的腹部朝我挨过来，让我给它每天例行的亲昵爱抚。

“你和房顶上的小猫咪处得不好吗？”我问它。

“那些小猫跑得快，我的体力跟不上。我想这会儿是好汉不提当年勇的时候了。得承认猫的十四岁相当于人的七十岁啊。你是不是应该给我买些维生素或滋补品什么的啊！”

“你一星期一大块牛排还不够吗？”

“牙齿，埃雷迪亚。我的问题是牙齿……”

“西默农！到上床睡觉的时候了。我是累了一天，甚至我都觉得有人在跟踪我。”

“不至于吧，最近你又不欠谁一个大子儿。”

“房租和各类费用是日结算，我应该是为数不多不用信用卡、不在银行寻求贷款、不在商家负债的智利人。我是不是已经疯了。”

“这年头没有债务就是无关紧要的人，埃雷迪亚。我要是你，会感到不安的。”

医疗中心每个周日的会诊很热闹。病人或顾客——究竟是什么身份取决于他们站在柜台哪一侧——排队领取就诊许可证或化验结果。护士们从掩盖用来折磨病人的器械的门进进出出，尽管偶尔有一个白大褂显示出适合实施高强度治疗的体魄。除了护士就是等候就诊的男男女女和小孩儿们。电视屏幕上是一个早间节目的画面，一位兽医正在讲授照顾宠物的常识。

我向一位身穿蓝制服的警卫打听贝尼尔德·罗斯。那警卫听我说话时显得不耐烦。我暗示是警察局的事，他才对我说的话重视起来，朝通向医疗中心的门走去，几分钟后转回来，告诉我那位护士可以在中午用餐时见我。我向他道了谢，看看手表，在候诊室坐下来，像一个等候牙医的孩子。

贝尼尔德·罗斯是位苍白纤弱的女子，四十岁上下，戴一副无框眼镜，是我在赫尔曼卧室见到的那张照片上的那副。她黑发上戴着一顶护士帽，脸上露出腼腆的微笑，我觉得这微笑后面隐匿着一种坚强的个性。她邀我同她到医疗中心的咖啡厅去，先就她的工作做了一些笼统的介绍，然后边喝着菠萝汁，边专心听我说。

“赫尔曼死了，而这不会因为您的调查改变的。”当我说明我想和她谈话的原因时，她说，“我们这些年的恋爱生活，我们结婚的各种准备，共同的未来，一切都被那些杀人凶手断送了。”

“我尊重您的感受，可我的工作我得做。”我没让这种饱含悲伤与怒气的言语带跑。

“比希尼娅她意欲何为？也许她是为亏待赫尔曼而心感愧疚。”

“你指什么？”

“军事政变后，赫尔曼失去工作。她和她丈夫嫌弃赫尔曼，他们夫妇都是军人派，他们当时认为解雇赫尔曼是正当的。在那个时代，为了迷惑民众所编造的种种谎言想必您还记得。什么恐怖主义，什么Z计划[1]，什么古巴的武装力量，什么莫斯科的黄金。比希尼娅和她丈夫同很多人一样，无视所发生的一切，甚至为响应军政府号召通力协作重建国家，把自己的结婚戒指都捐了出来。后来军政府的犯罪行径太过明显，比希尼娅改变了观点，于是她丈夫不得不勉强跟着妻子改变观点。出于什么动机我并不知道，他们的确曾建议赫尔曼和他们一起住。他接受了他们的建议，因为可以省下一部分工资。但是他们相处得并不融洽。比希尼娅和他从不多说一句话。而他在世时，和他姐夫几乎不搭腔。因此，我就不懂她为什么还找您来调查此事。”贝尼尔德说。她朝四周瞥了一眼，像是在寻找一扇能逃避回忆的门。

“您与赫尔曼的关系怎样？”我问她。

“这对您的调查重要吗？还是您已经把我列入了嫌疑名单？”

“我只是想对赫尔曼的生活有一个概念。”

“他为人平和，和他在一起有安全感。我们就是在这个地方认识的。我给他抽过几次血，尽管听起来有点儿像桃色小说，我们的确是一见钟情，或者像他总爱说的，我们是投缘。像所有夫妻那样，我们相处得很好，但并不是说我们彼此没

1　当年推翻阿连德政府的军人为了迫害政敌，捏造了一个所谓的“Z计划”，说政府将利用国庆节阅兵机会，对军人进行杀害。

有分歧和争吵。”

“他对您说过他觉得有人在跟踪他吗？”

“您怎么会提这个问题？”

“赫尔曼曾跟他姐姐说过，这是她告诉我的。”

“我难以相信。谁会跟踪他呢？”

“是谁跟踪他，为什么跟踪他，这就是问题所在。”我打住话头，看看四周，“他欠什么债吗？”

“没有任何债务，在商号或街区的商店都没有丁点儿欠债。赫尔曼是个循规蹈矩的人，就靠在货栈那份工资生活。”

“他参加了什么政党吗？”

“他没有兴趣。我不愿重复他说政党和政党领导人的那些话。”

“有关他的过去您能对我说些什么吗？我知道几年前他被逮捕过。关于这方面的情况，您能给我讲讲吗？”

“他在格里马尔迪镇待过。您想象得到的，他受到残忍虐待。与其他同伴比，能活着离开那儿，已经是幸运的。在那儿的遭遇他从不多说。提到格里马尔迪镇这个地方他都会怒火中烧。”

“因此，他生前在接受一位女心理医生的帮助。”

“您是怎么知道这些的？”这位女子戒备地问。

“我的工作多半是提问。那位女心理医生的情况您能告诉我吗？”

“她就在这个医疗中心工作，而给赫尔曼的心理治疗是在她的私人诊所。”护士看看表，“我刚才说过，我怀疑您的调查不会有什么结果，埃雷迪亚先生。”

“比希尼娅·雷耶斯并不这样认为。”

“坦率地讲，她怎么认为我并不在乎。她该关心她弟弟的时候，她并没有关心。”贝尼尔德随即提高嗓音补充道，“现在，您如果没有更多问题，我得去工作了。”

“赫尔曼有一些经常在一起聚会的朋友吗？”

“星期五他常同某位工友去喝啤酒，每周去两次美洲文化中心。”

“他去那里做什么？”

“去这家中心的人都是些律师、老师和大学生。赫尔曼没有拿到过学位，然而他却花了大把时间研究历史。我觉得他在参加谈话或讲座。”

“您不同他一起去那里吗？”

“我只去过一次，参加一本书的发布仪式。”

“您知道他在这个文化中心同谁聚会吗？”

“他唯一常提到的是迪奥尼西奥·特兰，文化中心的主任。”

“我推测尽管你们相处得很好，但彼此间还保留着各自的秘密。”

“赫尔曼有不容别人进入的领地，其中之一就是他的过去。起初我还觉得别扭，但后来我也就认了，这是他的处事方式。”

在离开医疗中心前，我先给安娜·梅尔戈萨的私人诊所打了电话，约她下午下班前见面。在回工作室的路上，我想到赫尔曼·雷耶斯生前和大多数人一样，有各种不同的伪装，只有将这些伪装综合起来，他的肖像才能画得精当。后来我就不再去想他，专心驾驶我的雪佛兰。这条路布满坑洼，路旁许多岔道标示牌，我不得不时刻留意到艾利亚维卢街的路标。

西默农不在工作室。我猜想它是到邻舍串门去了，或是在拉皮奥赫拉酒吧的平台上饶有兴趣地观看来来往往的顾客。我做了一个金枪鱼三明治，从冰箱里取出最后一罐啤酒，加上一罐无花果酱和一个苹果。接下来，我读了一点威廉·威尔基·柯林斯的《月亮宝石》章节，听了一会儿华金·萨维纳唱的一首歌。我有我的音乐、我的图书、我在办的案子陪伴我，工作室墙上的时钟就这样走动。

我比约定的时间早五分钟到诊所。一位笑容可掬的秘书将我领到女心理医生的诊室，室内宽敞明亮，一张写字台，写字台对面两把大椅子。安娜·梅尔戈萨高个子，浅黑皮肤，很有魅力。她那灰白得几乎像吸血鬼一样的皮肤衬托着一双明亮狐媚的黑眼睛。从她的眼神里我发现极度厌倦的痕迹。她指指一把椅子，我们都以明显好奇的目光相互观察一番。

“我还是头一回同一位私人侦探面对面。”她说，“接到您的电话之前，我一直确信像您这样的人不会存在。”

“我们存在于小说里，有时候我们把鼻子伸进现实生活，或相反，生活找到了我们。不过您不用怕，我工作的时候不咬人。要咬也得到更隐秘的时候。”

安娜·梅尔戈萨微笑了一下，从写字台抽屉里取出一盒香烟。

“我抽烟您不介意吧？”她问。

“您是这诊室的主人，是香烟和您的肺的主人。我并不觉得有什么不合适的，不过一位心理医生不控制自己的嗜好倒使我感到担心。我想会有人为克服自己的毒瘾来向您求助的。”

“我知道对我的病人来说我不是好榜样，所以我在给病人治病时，是自我控制的。”

“您不必自责。政治家和企业家的榜样往往更糟糕。”

“您的语言好犀利。”安娜·梅尔戈萨点着烟，“您的话引起了我的好奇心。您的工作应该很好玩。”

“和您的工作很相似。询问，倾听，得出结论。有时我也需要和牢里的人谈话。”

“会有很多顾客吧。”

“肯定没有您的顾客多。意志消沉、焦虑和别的病是当今流行的病症。私人侦探这种服务很奢侈的，不是必不可少。”

“我们能分享经验就好了，埃雷迪亚先生。”

“我看您是对‘咬’的事儿有了兴趣。”我笑着说。

“我是说‘问’和‘听’的事儿。”心理医生吐了一口感性的烟气，“您想知道赫尔曼什么情况？”

“我知道他曾是您的病人。也许您能帮我了解更多关于他的人品、个性和他不安情绪的情况。”

“赫尔曼是两年前开始来我这儿就诊的，埃雷迪亚先生。”

“他对他未婚妻和他姐姐说是几周前开始的。”

“这并不奇怪。承认自己需要心理治疗是最难克服的心理障碍之一。他一直不想让人知道来我这里就诊的事。作为治疗的一部分，我曾诱导他把这事告诉他最亲近的人：家人、未婚妻、朋友。虽然很难，但他几乎克服了害怕心理。"

"害怕？"

"听起来有些奇怪，可他确实害怕人家知道他遭受过酷刑。他曾被逮捕，而且在格里马尔迪镇待过一段时间。三十多年后，他仍然害怕提那段经历。他一直有负罪感，似乎他成了加害者而非受害者。他还有别的心理情况，我们不得不下大气力，让他向有政治犯背景资料的搜集有关遭受酷刑的人的政府委员会[1]讲述亲身经历。我想您明白我说的。"

"这方面的消息我是在无线广播里听到的，有时在报纸上也看到。"

"他接受我的心理帮助也是费了很大劲儿的。起初，他总是断断续续地来，来一次后，好几周不来。只有在最后那段时期他才接受了连续治疗。"心理医生弹了一下烟灰，"他最终把来诊所接受治疗的事告诉他未婚妻和他姐姐是重要的一步，尽管有些晚。接下来是限制他对行刑者情况的痴迷。我们的谈话大多是关于行刑者和他们各种行刑举动的情况。除此之外，他痴迷于搜集与各种酷刑事件有关的人物信息资料。我一直对此放心不下，因为痴迷最终可能是破坏性的，而赫尔曼的这种痴迷在阻碍他同过去保持适当的距离，也阻碍他过上和谐的生活。"

"他搜集信息资料这事我已经知道，我还知道他被杀害前把所搜集的有关资料统统扔进了垃圾箱。是您要他这么做

1　由律师组成的从事调查皮诺切特执政时期罪行的委员会。

的吗？”

“我们谈起过这方面的情况，但没有给过他任何指导。这可能与他做出某种决定有关。”

“他给您讲过有人一直在跟踪他吗？”

“您在说什么，埃雷迪亚先生？”女心理医生问，我觉得她的惊异超出了单纯的职业关心。

“有人尾随他。莫不是他患有妄想症之类的病？”

“他倒是经常回想起被捕前受到监视的情景：戴眼镜的男人，白色轿车，金发女子……”

“他常谈过去的那些事吗？”

“他总是以回忆的方式谈。”安娜·梅尔戈萨边摆弄香烟盒边说。

“赫尔曼给您谈起过美洲文化中心吗？”

“有一次，治疗结束，我带他到巴西广场附近的一个办公室。到那儿后，他告诉我那儿原是文化中心所在地。”

“也许您也能带我去那儿。”

“今天我不去那个城区，埃雷迪亚先生。”

“出于好奇也不去吗？”

“是哪方面的好奇？”心理医生微笑着问。

“对文化中心所在地的呀！还有什么别的好奇吗？”

“您好像是文字游戏的行家。我累了，我的丈夫和两个孩子还在家等我。”

女心理医生的香水味儿一直陪我到地下室，我的雪佛兰停在那里。地下室黑魆魆的，空气里散发着一种烧焦的橡胶味。我发动汽车，提速行驶，看到后面亮起了一辆吉普车的灯光。我驶出地下室，开了五个街区，那辆车一直跟着我。我想我得证实他是在跟踪我还是我产生了错觉。我等到了一个街口，没有打转向灯，突然向右转去。吉普车径直开了过去。我松了口气，停下车，点上一支烟，回想起我同安娜·梅尔戈萨的谈话。害怕什么呢？大多数人都有害怕的事。有的害怕过去，有的害怕失业，有的害怕在大街上遇到抢劫，害怕被偷，害怕犯错，害怕还不起债而坐牢，害怕监控上班时钟的头儿。害怕渗进一个国家的骨髓，而这个国家用统一的谎言将真相掩盖起来。

我走进工作室，见西默农蹲在一台小电视机前。那是安塞尔莫两天前买的，他非要放在我的工作室试用。屏幕上在显示世界一级方程式锦标赛的赛车画面。西默农的脑袋随着赛车从这边到那边，来回转动着。

“你盯着屏幕在看什么？”我把它抱在怀里，捋着它毛茸茸的背。

“你就别烦你的猫啦，堂！”我听到安塞尔莫从厨房里喊道，“我在做三个人的午餐。牛排是给小可怜的。炒肉，炒鸡蛋，炒葱头和丰足的土豆。怎样？”

“所有好吃的都是高胆固醇。”我抱着西默农走进厨房，问道，“我们有什么喜事吗？”

“今天赌的一匹马在第四轮赛中赢了。”

“我不记得你给我说过呀。”

“我用你的名字好好玩了一把，写字台第一个抽屉里是你赢的钱。”

“我真不知道没有你安塞尔莫，我还能做什么？”

“你就收起眼泪改日洒吧。这会儿还是把我放在电视机旁的瓶子打开，斟上酒。我买了好酒，堂。”

我照我朋友说的做了。当我把酒送到嘴边时，电话铃响了。我拿起扫兴的话筒，听到了货栈保安卡维略的声音。

“埃雷迪亚吗？”他小声问。

“什么事，卡维略？”

“您让我打听的事我都打听了，没有任何结果。没人看见什么。”

“明天情况会好的。”

“我考虑了我们的谈话，我想把凶手揪出来。”

“我和您想到一块儿了。”我不想延长谈话。

“您这会儿忙吗？我想给您提些建议。”

“这会儿我手头有急务。”我看着安塞尔莫手里端着三个盘子，很危险的样子。

“没关系，埃雷迪亚。回头我再给您打电话。”

6

比希尼娅·雷耶斯在花园里，双膝跪在地上，两只手插进一株花的根部，要将它移植到另一个地方。空气散发出湿润泥土芳香味儿，与紧靠厚砖墙生长的一株茉莉花的芳香融合在一起。我到时是她的一位女儿迎接的我，她并不在意我来拜访她母亲，从一条瓷砖铺面的通道将我领到她家里。阳光落在树上投下阴影，从花木繁茂的花园一边到另一边。我舒心地吸了一口茉莉花香，朝那位女子走过去。

“您是来告诉我您工作进展情况的吗？”她见我走到她身边，便问。

我把手伸给她作为支撑，帮她站起身来。我见她微笑了一下，然后朝一棵树的树荫下的长凳走过去。

“您调查到凶犯的什么情况了吗？”她在凳子上坐稳后问。

“我仍在设法弄清楚您弟弟是什么样的人。我觉得一旦弄清楚他性格的方方面面，也就知道是谁杀害了他。”

“我不明白您要告诉我什么，埃雷迪亚先生。”

“您弟弟的谋杀也许与他当时所做的或已经不再做的事情有关，那件事可以使我们排除他的死只是两个无能坏人抢劫的结果。”

“就是说情形和我们第一次谈话时一个样。”她带着不悦的语气说，“格里塞塔对我说您通常是很有效率的……”

“您弟弟没有对您说实话。”我没有在意这位女子说话的语气，“近两年他一直在接受心理医生的治疗。他一直不愿意让任何人知道此事。”

“您以为告诉我这些会使我惊讶，可并非如此。就像第一次谈话时我就对您说的那样，有时候我在想我从未真正认识过我的这位弟弟。”

“最亲近的人身上发生的事我们常常反倒不知道。”我点上一支烟，“不仅如此，我还知道，正是政变之后您背弃了他。”

“是谁告诉您这些的？是贝尼尔德吗？”

“是不是真的？”

比希尼娅从围裙的口袋里掏出一方手帕，擦了一下脸。

“那是独裁统治的头一年。我的丈夫和我都是人民联盟政府的反对者，当时他们解雇了赫尔曼，我们认为不过是暂时的，只是吓唬他一下，好让他回到平常的生活。我们错了，我们没能及时醒悟。我丈夫从未做过助纣为虐的事。再说，那个时代有很多莫名其妙的事。您应该是记得的……”

“我记得真相就在空气里，人人都触及得到……”我打断女老师的话，“我不相信那些伪君子说他们是受到了欺蒙或被封闭在了泡沫中，不让他们看清所发生的事情。那是一种散发腐烂气味的托词。然而，我不同您争论，我只请您告诉我是什么让您改变观点的。”

“我丈夫死后，我有机会以一种之前从未有过的方式同赫尔曼谈话。一天晚上，我们正在看电视，是有关收集皮诺切特执政时期受过刑罚人员情况的委员会的新闻。我记得我对他说这实在太过恐怖了，我实在难以想象遭受过那种经历的人怎么还能继续生活下去。‘你想让我告诉你吗？’他问。‘我就是曾在该委员会做过证的幸存者之一。’他告诉我说。他向我讲述了他受到的所有酷刑的每一个细节。所以，当他们将他杀害时，我就想我不能第二次背弃他。可是同格里塞塔谈话之前，我一直不知道如何做。是格里塞塔将您的名字告诉我的。我知道这于事无补，可这是我欠的一笔债。每每想起他的话，我就有撕心裂肺之痛。”

“他给您说过美洲文化中心的活动吗？”我问，设法让这位女子专心回忆不太痛苦的事。

“没有。有一回他同一位说是这个中心主任的人来家里。那是一位年轻、平易近人、衣着随意的男子。我记得他对花卉和树木很内行。我们就在这个花园聊了好一阵。”比希尼娅一边朝周围望一边说。

我朝马科斯·坎贝尔的办公室走去。他是我的一位记者朋友，一直勉强维持着名为《红色记忆》的政治和警察杂志。他有的是题材，可是他得登广告来维持杂志，一般都是些小广告，诸如爱德华兹贝略旅店的广告，迭斯德胡利奥大街或附近糕点铺、咖啡馆的小广告。他的办公室就在这条大街上。他的梦想是刊登公共服务部门的广告，可这些部门宁愿将广告费送给联合刊载的日报，免得自己动笔写广告词。

我很长时间没有踏上通向坎贝尔办公室的宽楼梯了，走进他的办公室，与我之前看到的样子相比，这里的变化着实让我吃了一惊。他的写字台被五颜六色、大小不一的石头给围了起来。墙壁上，先前是电影艺术家们的画面，现在成了风景海报，海报上除了石头还是石头。这位记者在朝街的窗前站着，他的思绪似乎已经迷失于遥远的天际。

“你在等谁呢？如此聚精会神。在等缪斯呢？还是等迈达斯国王呢？”我提高嗓门问。

坎贝尔被吓着了，半转身，不自然地向我微笑一下。波浪形的头发依旧浓密乌黑，只有花白胡子和厚厚的眼镜连同没完没了地急速敲击的键盘和堆满烟蒂的烟灰缸显示出他生命的耗损。我们是在1970年代一次大学各系戏剧会演时认识的。

“我需要缪斯和迈达斯。之所以需要文艺女神，是为写出这些到星期天必须完稿的文章；我需要这国王，是为了支付这些文章的印刷费用。”

“金钱与文辞。你的问题一向如此。”

“所以我有大自然的能量。”坎贝尔指着他周围的石头说。

“你这是中了什么邪，坎贝尔？”

“如果你有了大自然的力量，你的能量则倍增。”这位记者回答说。他见我满脸惊异，又补充说：“我想你才不关心这些石头呢。你来找我定是有什么麻烦事，对吗？”

“我用一下你的电脑，从因特网下载国家委员会关于政治犯和刑事犯调查结果的信息，核对确认的受害人名单中是否有一个人。”

“举手之劳，埃雷迪亚。”坎贝尔走近写字台，从抽屉里取出一本厚厚的蓝皮书，“这本书里你可以找到委员会做出的各种结论，还有被关押、被拷打人的名单。”

“纸质版，像谷登堡时代？”

“你可以带走。请你尽快从我视线里消失，这样我就有更多时间干我的事。”

“难道这就是你的待客之道，坎贝尔？我还指望你会请我喝一杯呢。”

“改天吧，埃雷迪亚。我得写完我的文章。”

“俗话说得好，知足者常乐……”

“如果你想找个地方看看书，喝点儿酒，我建议你穿过这条街，到我办公室对面那家酒吧去。”

我按坎贝尔的建议来到一家寒酸的酒吧，里面仅有的一位顾客注视着墙壁，醉眼蒙眬，这天的航行即将沉船遇难。我在一张远离门口的桌子前落座，要了杯啤酒，随即打开那本蓝皮书。描述摧残蹂躏在押人员场景的文章令人厌恶，言辞中透出恐怖的气息。我仔细阅读这本书其中一页，它引用了一位被捕者的证词：“他们用棉花将我的眼睛盖起来，然后绑上胶带，再用黑色袋子套在我头上，袋子口在我后脑勺处扎起来。他们死死捆住我的手脚，将我浸入装有粪便和海水的汽油桶里。他们直到我憋不住气时才把我拉出来，然后再浸进去，就这样一次又一次地反复，伴随着拷打和询问。他们管这叫‘潜水艇’。”接下来一页，骇人听闻的文字记录下一位女子的诉说：“他们将我弄到另一个房间，扒光我的衣服，然后将我的手腕和脚踝捆在一起，让我无法动弹。他们从我的手腕和脚踝间穿上一根木棍，把我吊起来。他们击打我的耳部，对我的太阳穴，我的双眼、阴道、直肠和乳房实施电击。”

我不再阅读这些证词，注意力集中在列举受害人的附录上。我顺着字母排序，找到了赫尔曼·雷耶斯的名字。为什么这么晚才讲述他的经历呢？他是早就告诉了决心对他的往事守口如瓶的人吗？我的问题没有答案，但我心想这正是这些年我为之奋斗的东西：让真相从往事中浮现出来。

“我们的目标就是永远记住我们的经历和梦想。”迪奥尼西奥·特兰走到一张堆满杂志和五颜六色的纸张的写字台前，这张写字台似乎是美洲文化中心运作的轴心。文化中心设在离巴西广场几步远的两栋新建单元高楼之间，位于依然屹立着的老式大房子的三楼，我没费什么劲儿就来到这里。我从楼梯上到三楼，走进一个看上去像是蹩脚画家的混乱画室。室内墙壁很高，墙皮已经脱落，上面全是些写有正义口号的旗帜。满屋的废弃油画，剩余画布，揉成团的传单和文件。

特兰是一位五十开外的男子，完全谢顶，瘦削的脸颊布满黑胡子，突出一只大鼻子。他身边是两位一直在一大块白色画布上写字的小伙子，他朝我走过来。我向他说明闯入他领地的原因，并提到雷耶斯，他立刻消除了戒心。

“那是一次街头抢劫。这种说法我一直觉得靠谱。”我把当时的情况讲述完，他说，“然而听您这么一说，我开始怀疑了。埃雷迪亚，我能给您什么帮助吗？”

“赫尔曼他每周都来这儿。”我补充说，同时往四周扫了一眼，“我想知道他在这里做了什么。”

“您听说过‘辐呐’[1]吗？”特兰问，不等我回答，他接着对我说，“‘辐呐’就是揭露，我们做的就是将那些依然逍遥法外的罪犯暴露于天下。没有正义，即有‘辐呐’。我们是不会采取暴力的。我是借助艺术揭露犯罪，促使人们觉悟。如今有好几个团体在做类似的事。这些团体大多是由酷刑受害者、被捕及失踪者家属及行刑幸存者组成的。我们这个团体实施的第一个‘辐呐’是在1999年，旨在揭露韦内尔·希内利这个在独裁统治初期对被捕者施行酷刑的医生。

“赫尔曼是我们这个团体创始人之一。一位朋友邀我们参加一次‘辐呐’，我们是那时认识的。几个月后我们决定成立自己的团体。我们并非仅限于揭露最有名的凶犯，而且要寻找那些隐匿的司法界和媒体从未提及的凶犯，这个宗旨就是赫尔曼提出的。他的主要工作就是研究举报信，汇集能够确定行刑者住处的情况。为造福文化中心的访客，他还与人

1　智利皮诺切特执政时期很多人受迫害或失踪，军人政权结束后，很多行凶者受到了追究，但仍有部分人逍遥法外。“辐呐”是原受害者家属实施的一种活动，旨在揭露那些没有被绳之以法的施暴者。他们找到行凶者，在其家门或工作单位前揭露其罪行。这种活动常带有口号或歌唱，吸引左邻右舍和路人的注意，有聚众呐喊、声讨的意味。

合建了一个档案库。他总对我们说，必须让不满和反抗充满思想。”

“因此他有一个关于压迫者信息资料的剪报档案。”

“‘辐吶’并非随心所欲地捕风捉影。在核实因法庭粗心大意或因缺少足够证据而搁置诉讼程序的悬案时，我们会对掌握到的情况进行调查研究。这并不容易，有人指控我们在寻求报复，也不乏政客说我们的行为会危及当下的民主体制。实际上我们所追求的仅仅是公平正义而已。”

“好像很少有人知道赫尔曼的调查活动。不要说别人，连他姐姐和他未婚妻对他所进行的调查都一无所知。”我一边点烟，一边说。

“他小心翼翼，也看顾着她们的安全。尽管我们从来不说，却知道他从未消除对酷刑的恐惧。因此，他的调查也是他的寄托。他对案件进行调查，对受到揭发的住所进行调查，但很少参与街头游行示威。他对喧闹的场面反感，对我们常接到的匿名电话和信件感到厌恶。我们猜想这些匿名电话和信件是出自前军人之手，我们活动的结果使他们心神不宁。这些害怕被揭发的家伙有时组成退伍军人团体或者有明显新纳粹和法西斯性质的社团。”

“赫尔曼对您说过有人在跟踪他吗？”

“他对我说过，可我没有太重视。赫尔曼常有草木皆兵之感。有几次由于他的疑惧，我们采取了安全措施，结果虚惊一场。疑虑使他失去了判断力。”

“您认为有人跟踪他不是真的吗？”

“我原以为是他恐惧所致，可听您适才这么一说，我现在还真不知道该怎么看这件事。”特兰说，朝门口看了一眼，仿佛害怕什么不速之客突然到访。

“出什么事了吗？”

“您关于赫尔曼的提问让我想起了胡利奥·苏阿索的事，一位八个月前被轧死的同事。肇事司机逃遁。几位见证人认出车型和车牌号，据此查明车主是一位军方退伍士官。我们团队的一位律师将此事告到了法院，最终也没有立案调查。”

“那位律师叫什么名字？”

“弗朗西斯科·科塔波斯，是我们团体的法律顾问，也是为将独裁统治期间犯有暴行的人送进监狱而奔波的成员之一。”

“我在哪里能找到他？”

“昨天他打过电话，说他要离开圣地亚哥几天，但会赶回来参加我们计划好的周末活动。您不想参加吗？您可以了解我们的工作，也可以同科塔波斯见面。”

“我还是不参加你们的集会为好。请把律师的电话给我。”

“不是集会，是‘辐呐’，有勇气参加吗？”

我一走进西蒂酒吧的旋转门就隐约看见埃斯克里瓦。他坐在酒吧不显眼的角落，嘴里叼着香烟，手边放着一只酒杯，好像正专心在一个蓝皮本子上写东西。我在他桌子前停下，他没注意到我。我观察了他片刻。他形容疲惫，胡子已经好几天没有修理，眼睛隐藏在无框眼镜后面，有些吃力地注视着他正在写的文章。我走近他的桌子，在他对面坐下。他迟疑了几秒钟才从他思想和笔端畅游的意境中回过神来。

“你在算账还是在写作？”我问他。

“我在写的东西可以成为另一部小说的开始。”他向我打招呼，将手中的圆珠笔搁在桌子上。

“你这么写来写去不烦吗？你就没有想过换个氛围和人物吗？”

“我总算弄到一个与我契合的人物，干吗要换？我写你的落魄境遇一些年了，而且我仍兴趣盎然。我不会忘记，第一部小说开头几个章节正是在布宜诺斯艾利斯圣洛伦索大街上的一个公寓里写的，我是在一次文学比赛中获胜后去的那里。”

“不管怎么说，你的执着令人佩服。”

“正如雷·布雷德伯里在一本书中说的：‘你要写作就得醉酒，以便不受现实的限制。’”

“也许我们俩应该换一下，你去搞侦探，我来搞写作。”

“埃雷迪亚病了，不能下床。一位顾客来找他，为了不失掉办案的机会，他打电话给埃斯克里瓦，求他替他去调查案件。案子本来很简单，可由于埃斯克里瓦粗心大意，耽搁很久才破案。这时他才发现写小说是一回事，现实是另一回事。你觉得怎样？”

“稍微费点劲，就行了。”

埃斯克里瓦将香烟在蓝皮笔记本前的玻璃烟灰缸里掐灭，然后叫来正在打理餐桌的服务生。

“你喝什么？”他问。

“照常。”

“伏特加汤力水加两块冰，而且要快……我就是你肚里的蛔虫。”他先向服务生要酒，然后问，“你仍然没事干，还是有了什么新勾当？”

“我在调查一桩命案，死者在下班离开工作单位时被人枪杀。”我对他说，接着就把案情向他做了概述。

“是一位吃醋的丈夫杀了他。”埃斯克里瓦听了我的陈述，断言道。

“赫尔曼有未婚妻，而且对她是忠贞不渝。”

“贩毒？还是走私过香烟？”

“可能其中之一，或二者兼有。”

“我觉得这都不是你真实的想法。你就别卖关子啦，埃雷迪亚。”

“赫尔曼在追查安全局前特工的踪迹。这些家伙将罪恶的过去隐藏起来，最大可能地逃避惩罚。”

“这些家伙，少数已经进了大狱，剩下的将最终老死在自己的床上。我要是你，就顺着毒品的思路调查。那些曾经行刑的家伙如今是深藏不露，都像孙子似的活着。我不认为他们还敢干罪恶勾当。缄默慎行才有可能免除牢狱之灾。再说，他们都知道，一旦大鱼落网，小鱼小虾也就太平无事了。听我的，你就把注意力放在毒品上，不要忽视那个管家。”

“管家已经很久不是侦探小说里的坏人了。你比我清楚。”

“我只是想知道你是否在专心听。”

“和你谈话对我的调查没有多大作用。”

“相反对我的想象力却帮助很大。”

“还是快点干了我们的杯中酒。别等到酒吧关门时人家赶我们走。我们这把年纪，让人家用脚踹屁股撵出去可比二十岁时疼啊。”

“我们总会有共识的。”

“你相信吗？”

“我相信。而且我有一个新的想法来解决你的案件：货栈里发生盗窃，赫尔曼发现了且准备告发。你说呢？”

“不错，埃斯克里瓦。你让我刮目相看，我想有这种可能。”

不到晚上十点，我辞别埃斯克里瓦。我目送他远远走进此时正在回家的人群中，心想他又重新思考被我打断的小说了。说到底，我们两个的职业都是侦探。我要做的是发现犯罪的人，而他所做的则是阐释他所生存的世界。一直等他从我的视线中消失，我才转变方向，朝艾利亚维卢街走去。我行至安塞尔莫报亭对面，听到急刹车的声音。我朝身后看了一眼，只见德西德里奥·埃尔南德斯从一辆马自达轿车上下来，开车男子的脸我没看见。我的这位邻居从我身边经过没打招呼，径直朝电梯走去。

“他不大讲究礼节礼貌。”我向费利斯·多明戈说，他看到埃尔南德斯匆匆走过。

“也许不该这么说他，不过我赞同您的说法，埃雷迪亚先生。”

“我很高兴和您的看法一致，费利斯。”

“费利克斯，带字母x。”楼房管理员更正道，随即走近柜台后面的文件柜，取出一张黄色纸交给我，“一位先生曾来看您，您不在，他就给您留下这个纸条。”

我接过纸条，是卡维略写的：“我发现一位女邻居目睹了那次枪击事件。她不想卷入是非，但我有信心说服她说出当时的情况。”

我将纸条装进上衣口袋，心想他这是小题大做。

“好消息吗？”费利斯·多明戈问。

“丝毫没有改变我睡觉的欲望。冲一个温水澡，看一部好小说，然后上床睡觉。”

“我忘了告诉您……”

“明天见，费利斯先生，明天见！”

“费利克斯，带字母x，请您记住。”

“瞧我这记性，费利斯。”我走近电梯门对他说。

楼房管理员无奈地摇摇头，重新坐在柜台后面的座位上。

我一进屋就嗅到一股书受潮后的刺鼻味儿。我猛然想起睡觉前要冲个澡，可是西默农的眼神使我担心这天还有什么意外的事发生。我向四周看一眼，并没有发现什么异常。走到卧室门口，我一下觉得生命倒退了十年到二十年。格里塞塔躺在床上，在窗户透进来的月光下依稀可辨。她的肌肤在白底床单的反衬下泛起光泽。我轻轻地脱下外套，丢在地板上，接着小心翼翼地脱光内衣，蹑手蹑脚走到格里塞塔身边，触到她的肌肤，疲劳感魔幻般全然消除。我轻轻吻她的背，等她从梦中醒来。

“你到哪儿去了？”过了一会儿她终于半梦半醒地问。

“你为什么不告诉我你今晚要来呢？”我问她。

“我从拉塞雷纳不期而至，想给你一个惊喜。”她边回答边用一只胳膊撑起身，笑眯眯地看着我。

我寻找她的嘴唇，她任我亲吻，后来她的胸脯贴在我的胸脯上，我们重新开始亲吻。我听到西默农走出房间的脚步声。格里塞塔在我的怀里，除了我们睡觉的床，就算天塌下来我也不会理会。我抚摸她的头发，一直吻着她到天亮。

7

我把赫尔曼·雷耶斯的案子搁下来两天。格里塞塔下周才去上班，因此我们把时间都给用了。头一天我们去了福雷斯塔尔公园散步，去美术博物馆观赏智利画家作品集锦：马普切珍品展；第二天我们去了减价书店，然后舒心地坐在电影院里看埃托雷·斯科拉[1]的老片《先前我们如此相爱》。我们俩都喜欢看。晚上，听着马勒的轻柔音乐，我们保持着谙熟情欲秘诀的爱人的耐心。我们醒来已是上午。我们一起好好冲了个澡后，才画上后一半括号，回到现实之中。

“欢快的时光比花炮烧得还快。”我对西默农说。我们从工作室窗户看着格里塞塔走远。

“你不用难过，明天或后天她就又回到你的怀抱啦。”西

1 著名电影导演。

默农答道，一边用舌头细心舔着自己的右爪，“别后重逢，殊有味道。”

“后一半括号不那么快画上就好啦！格里塞塔出差的时间越来越长，地点也越来越远。我担心有一天她去了就不再回来。”

“埃雷迪亚，你是一年比一年重感情啦。”

“这不好吗？你是什么时候变成一只铁石心肠的猫的？”

“你别忘了，我是在一条巷子里出生的。我们兄妹五个，一位妈妈给了我们兄妹五口生命所必需的东西，给了我们奶水，能使我们勉强四爪立起来行走的奶水。”

“你的少年时代比奥利弗·退斯特[1]还要苦。”

“你不用嘲讽我。你少年时代也不快乐。”

“也许正因为如此，我们彼此才这样理解。”

西默农停下搞清洁卫生的爪子，三蹦两蹦，跳到放在写字台上的手枪旁。

“我知道我还有事要做，不需要你给我下命令。”我对它说。

“有人必须为‘埃雷迪亚与合作者侦探所’的前途操心。”

我决定去尼乌尼奥亚广场对面一家酒吧，一位跳着欢快热带舞曲同时调制鸡尾酒的小伙子经营的酒吧。我一边喝酒，一边看柜台上的报纸。一位金发女郎的胸脯占了大半个版面。

---

1 《雾都孤儿》中的主人公。

这位金发女郎在一次选美竞赛中胜出，不需要能掐会算就知道评委们只关注那低得夸张的领口而已。里面的版面也好不到哪里去。四条警方简报讲述四个富裕家庭被盗，一篇报道讲述下届议会选举候选人之间的唇枪舌剑。我把报纸搁在柜台上，专心喝酒，同时看了看柜台对面的壁钟。还不到赴约的时间，可以品酒。

我在广场看见一百来人举着标语牌和伸张正义的横幅，吹着塑料小号，像是狂欢节的阵势。在广场的一个街口，一队穿制服的警察艰难地克制着用手中的樱桃木棒镇压游行者的欲望。

特兰一眼就认出了我。我走近这位辐呐领袖，和他一起的肥胖红发男子一直注视着我。

“请原谅！我还以为您不会来呢。”特兰说，然后对红发男子说：“科塔波斯，他就是我对您说起的那位侦探。”

我和这位律师握了握手，他微微点头致意。我注意到他一直像昆虫学家那样观察我。我忍着他的审视，直到特兰邀请我加入走向街头的游行队伍。

“您是第一次参加辐呐吗？”律师问。

“是的，不过我想这并不会使我成为可疑分子。”我语气略带不满。

游行队伍安静地行进一阵，然后齐声高喊，打破了早晨的平静：“没有正义，即有辐呐。”人行道上两旁的人，有的停下来观看游行队伍，然后继续赶路，因为害怕或者不感兴趣。

又是一阵口号，伴随着刺耳的小号声。

“我是在一次类似今天这样的活动中认识赫尔曼的。”律师提高嗓音问，“您对他的死因有怀疑，是真的吗？”

“很遗憾，我也就是怀疑而已。为此，您最明智的做法就是不要再以这样疑惑的目光看我，而是把您知道的有关胡利奥·苏阿索之死的情况告诉我。”

“苏阿索的事，特兰对您说了？”

游行队伍在一座所有阳台都爬满牵牛藤的楼房前面停下来。特兰接过一位金发女子递给他的话筒，在短暂的喊话中讲到，该楼房由达尼罗·德尔蒙特经营，他是刑警队前侦探，设在国家体育场的政治犯行刑处的负责人。特兰讲话的同时，一些游行者在向停下来看热闹的人群散发传单。另一些则在树干上张贴宣传广告，其他游行者则高喊被揭露罪犯的名字。游行持续时间不长，要结束时，听到新的呼喊声：“居民们提高警惕，警惕您的家旁边就有凶手！”游行队伍继续前行，同时向广场沿途遇到的行人分发传单。

“这样吵吵嚷嚷能有收获吗？”我问科塔波斯。

“我们在为通向真相打开一扇小门。”

“您认为大众会对您的真相感兴趣吗？”

“很多人不明真相，或是非混淆，但这并不能成为忘记正义、忘记尊重人权的理由，即使您和我是仅有的对真相感兴趣的人，我也要坚持下去。”

“您有挖出凶手的线索吗？”后来我和律师一起喝咖啡时，

律师问。特兰没有和我们一起喝咖啡，说是得去参加刚刚结束的辐呐的评估。

“我有预感，那不是一起普通的抢劫。凶手守候赫尔曼，然后动手，沉着冷静，有条不紊。我还认为货栈内部有某种见不得人的或非法的买卖，赫尔曼对货栈的收支是知情的。也许他发现了某种非法买卖而惹恼了货栈领导层。”

“您的这些预感是有道理的。我这方面，唯一能说的就是警方既没有经过合法的程序，也没有调查的意愿，案子就给结了。”

“也许没有证据让他们想到这并非抢劫。”

“然而，您已经开始将其设想为其他类型的案件了。”

“眼下还只是设想。”我喝完杯中咖啡，“我们谈谈胡利奥·苏阿索吧。”

“苏阿索也是这个团体的成员。他是在他做看门人的那所学校门前被车轧死的。一位目击者记下了肇事车的牌号。是一位退伍军人的车。案件的材料交给了法庭，可法官草草结案了。”

“苏阿索和赫尔曼都是特兰这个组织的成员。除此之外，他们二人之间还有别的关系吗？”

“我还真没有想到这一层。”律师点上一支烟，“他们二人的名字都在国家政治迫害和严刑拷打犯罪调查委员会的报告中提到过。”

“这个细节用处不大。”我停了一会儿，“特兰曾对我说您在从事有关侵犯人权案件的诉讼工作。”

“是我们已经可以确定罪犯的案件的诉讼工作，我们请求法院进行相关的调查，让他们来负责审讯能够提供信息的军人等。然而，与我的期望相比，进展太过缓慢。”

“赫尔曼和苏阿索与这些诉讼案件有关吗？”

“我不记得了。我有一个律师团队，这样我就不会被困在每个诉讼案件的细节中。通常我会关注处在法庭辩护阶段的诉讼。前期工作都由我的同事在做，包括收集受害人和加害人信息资料。”

“我想知道苏阿索和赫尔曼是否在这些诉讼中被提到过。”我试图迫使律师提供情况。

“您有什么想法吗，埃雷迪亚？”

“我想他们二人是同一案件的见证人，而被告为灭口决定将他们除掉……”

“您的思路缜密，而且我觉得是正确的。尽管报纸和官方文章都在说罪犯都受到了惩罚，可是一些罪犯仍然逍遥法外。不仅如此，一些被判刑的少数军人进的监狱还带有游泳池、网球场、有线电视，享受着普通罪犯享受不到的特殊待遇。”

“您可以将我刚才说的核查一下吗？”

“这需要几天的时间。”

我点燃一支烟，透过咖啡馆窗户朝外看了看。人们在大街上来来往往，对我们这张咖啡桌所笼罩的焦虑心情不感兴趣。

“苏阿索有家人吗？”我问。

“他撇下一个女儿。妻子三年前去世，死于癌症。女儿约兰达在一家服装厂上班。”

“我想和她谈谈。”

“我把她的电话给您，我也给她打个电话，把您的想法告诉她。她是一个胆怯而多疑的女子。”

“这样您可是帮了大忙了。”我停了一下，补充说，“似乎您对我的疑虑消除了。”

“我的工作迫使我多疑啊。不过您不用在意，对您的戒心刚才已经解除。”科塔波斯看了看表，“我得回家了。我要同妻子去东方剧院，跳一场地道的探戈舞。晚上我会同约兰达谈的，星期一请我的同事核查送法庭的诉讼案卷宗。”

昔日的东西依然存在，依然在活动，隐匿于这座城市的各个角落。人们生活依旧，各家报纸报道的都是当今的新鲜事物，年轻人似乎把过去当作损蛀物体的虫蛾的标本看待，然而也有像特兰和科塔波斯他们这样盯着过去不放的。我的工作与他们的类似，唤醒人们的记忆，唤醒这座城市的记忆。在这座城市，我如同野猫来回行走，有时走运有时倒霉，有时会弄得灰头土脸。人们总是记住美好的时刻，而痛苦和令人恐惧的事则被束之高阁，不再去理会。人们把这视为生存之道，幻想更美好的未来。然而，此时此刻人们却正在经历着往昔的痛苦和恐惧，有时候对往事的记忆是无法摆脱的，他们只能咬紧牙关忍耐，直到记忆失效，才能抬起头怀着封存已久的希望向前看。

我来到艾利亚维卢街，安塞尔莫拉下报亭窗户的金属卷帘，打算停业去吃午饭。此时我也是饥肠辘辘，想起家里只有硬面包片和几个鸡蛋，于是决定陪我的这位朋友一起用午餐。

“今天没有见到你人影，堂。看来你接了一个大案。那位出纳员的案子怎样了？”

“到目前，依然是一宗无头凶杀案。”

“你的话听起来好像有点儿莫名其妙，堂。”

“我想说差不多毫无进展。”

“就是说你这阵子白忙活了。”

我微笑了一下，跟着安塞尔莫往托里因餐馆走。餐馆里座无虚席，我隐约看见了德西德里奥·埃尔南德斯。我的这位邻居似乎心事重重，看着餐桌上的饭菜没有胃口吃。我想就是吹起喇叭也难将他从思绪中唤醒。

“你认识这人吗，堂？”安塞尔莫问我。

“我们住在同一层楼。”

“他是五个月前来到这个街区的，看上去是个独来独往的人。”

“我觉得他是个孤僻的家伙。”

安塞尔莫做了个表情，表明他对那家伙不感兴趣，很快叫来一位服务生，点了餐。

“我这里有今天下午赛马的信息。”他补充说，服务生给我们每人上了满满一盘面条，“奇科·帕雷德斯是匹复出的赛马，人们都确信它会赢。只要它能胜过莫斯基托和加列吉略斯这两匹，就会带来丰厚的红利。”

“我希望你不要投错赌注。”我对他说，同时回头看埃尔南德斯，他仍然没尝一口饭菜。

“我看你有心事，堂。怎么了？”

“我只愿能打开一条解决我正在侦办的案件的思路。”

“要沉住气，堂。往往是踏破铁鞋无觅处，得来全不费工夫。啊，对啦，你记得我对你说过的米卡埃拉吗？”

“不记得。如何能记住你一生中遇到过的所有女扒手的名字，除非有大象般的记忆力。”

“她在这个街区一家商店工作有年头了。我从未在意过她。昨天我看上了她，就在昨晚我们头一次约会。”

“你还不吸取教训，安塞尔莫。你会脖子上挂三个宝贝儿下地狱的。”

“有的人在彩虹尽头找聚宝盆，而我却在彩虹尽头找到了我梦想的女人。”

“到目前为止，你所遇到的只是你可怕梦魇中的女人。”

“是福是祸，我都无话可说。再说了，谁会把我吃过的美食、跳过的舞夺走呢？”

我辞别安塞尔莫，没有回家，走到我停车的地方。我点上一支烟，等车的发动机预热之后，才轻轻踏下油门。车似一头从午睡中惊醒的老虎，大吼一声，拱了几下，便以一百公斤体重的舞蹈家风姿在柏油马路上飞驰起来。

我想同卡维略谈谈，想知道他的侦查是否有收获。不走运，我到了货栈，门口的保安告诉我他已经下班了，应该在回家的路上。保安见我一脸扫兴，便问我是否有急事找卡维略。我觉得他是个爱打听事儿、爱嚼舌头的家伙，于是就把赫尔曼之死的事说给他听。这位保安本能地将右手放到腰间的卢玛香樱桃木棒上。

“他们企图偷窃货栈不是头一回了。”他说。

“您怎么认为就是一次未遂的偷窃呢？”

“还能有别的动机吗？”

“发生枪击时，您在货栈吗？”

“没有。那天我休假。”

“有人认为凶手的目的是杀赫尔曼灭口。货栈内出现了死者意欲揭发的偷盗罪行。”

“货栈是由老板的一个儿子掌管的，我可以向您保证这个小伙子在账目管理方面是一个狠角色，一分钱都别想从他那里弄走。”

“也许有人在偷盗商品……”

“无论人或物，未经检查是无法进出货栈的。就是我们这些货栈的职员也得经过监控。就连小螺母也绝无可能偷走。您为什么对这事感兴趣？是警察吗？”

“您好眼力，朋友。”我对保安说。

保安微笑一下，对我的夸奖感到满意。“我还以为警方对此事的调查已经结束了呢。”

“有时候面包屑会引出大老鼠。”我说。为了不让保安问个没完，我开始朝门口走。

离开货栈之前，我朝保安待的地方看了一眼，只见阿蒂略·蒙特贡走到他身边。我来到街上，朝赫尔曼·雷耶斯被枪杀的地方走过去，努力想象他最后时刻的情形。

8

我给格里塞塔的工作单位打了电话，却没能和她通上话。她在开会，接电话的秘书不知道她何时开完会回来。我看了一下手表，估计她第二天才能回到办公室。关于赫尔曼·雷耶斯的情况在我的脑海里乱成一团，关于他的死因理不出具体的头绪。我先是在阿乌马达林荫道上漫步，观看来往的行人和沿路的流动小贩，然后走进海地咖啡馆。柜台前挤满顾客，等了好几分钟，才给我上了一杯牛奶咖啡。我看到挨近门口的地方有几位这家咖啡馆的常客。一个是只看海盗小说的退休教师，小矮个儿，经常口出狂言；一个是蓄着希特勒式发型和胡子的家伙；还有两三个职业球星模样的家伙和一个貌似奥逊·威尔斯[1]的胖子。他们天天如此。你走进这家咖啡馆，随便星期几，总见到他们几个人戴着面具，身着不变的装束，扮演着人生这场大剧赋予他们的角色。

1　美国演员、导演、编剧、制片人。

我想起了坎贝尔给我的那本书中所汇集的证词，心想我身边的这些人中是否有人会花时间去读，或者对他们来说，这都是过时的消息，就像电视里足球比赛的结果和天气预报，左耳进右耳出。往日的恐怖就如同一枚贬值了的硬币，政客和当政者总是先豪言壮语，随后相关的报告便被丢进废纸箱。每天都在这咖啡馆里喝杯咖啡的人呢，他们付完钱后就到办公室打发时间。他们遵循工作节奏，喜欢谈论戏剧的最新情节，不关心夜间大门紧闭的地下监狱，这些监狱在何处，里面都干些什么；不关心有人在街口被强行拉上一辆汽车，送至一个往往没有出口的死胡同，有去无回。罪恶、遗忘、恐惧、共犯、冷漠。恐惧已经成为历史教科书中的双关语。

我喝完咖啡，在咖啡馆附近行走，直到深夜。我在一处玻璃橱窗的镜子里认出自己的面孔，心想自己的工作意义何在。我侦破无数案件，虽说对我日常大笔开销无济于事，我却感到自豪，一种因完成工作而心情愉悦的男人回到家时的那种自豪。

我在埃斯塔多街的一张长凳上坐下，吸了一口这座我深爱的城市夜间的空气。想起阿根廷探戈作曲家皮亚佐拉的一首歌曲，想起德国导演温德斯的一部电影，在这部电影里，美国侦探小说家达希尔·哈米特在灯光下打字。我看了一眼从我身边经过的人，心想，他们每个人内心都禁锢着一个值得讲述的故事。一位老者走到我跟前，向我乞讨几枚硬币去付他这把老骨头每晚栖身旅店的钱。我在上衣口袋里摸了一番，递给他一张皱巴巴的两千比索纸币。他打量我一番，一脸惊愕。当确认这钱如同我们头顶上的月亮一样真实后，他就继续向前走去。我跟在他后面，走到我工作室所在的楼前。我进了办公室，西默农缩在我的两腿间，我将它抱在怀里。我走到对着马波乔河的窗前，想起那位老者，想象他拖着沉重的脚步，心里怀着今晚有一个住处而感到的片刻快乐。

“卷帘该拉下啦！”我一边对西默农说，一边感觉到累得眼已经睁不开了。

猫打了个哈欠，对我的心事漠不关心。

“你想睡哪边呢？”

“都一样。”西默农回答，“我甚至睡在飞檐上都行。”

我睡了一个小时，被工作室急促的敲门声吵醒。我穿上一年前一位阿根廷职业拳击手——我是在蓬塔阿雷纳斯[1]认识他的——送我的浴衣。我开门时还处在半睡状态，出现在我面前的竟是贝纳莱斯警察那幻觉般的面孔。我至少两年没有见他人了。他苍老了，开始秃顶，一眼看上去胖了差不多十公斤。从他眼神可以看出，他对前年那次冲突仍耿耿于怀，他的微笑足以让我明白他夜半造访没什么好事。我们不是朋友，但过去曾联手侦办过三四宗对他的升迁起到作用的案件。

“凭警察的薪酬你买不起一块手表吗？”我问他。

“你工作室依旧弥漫着阴沟里才有的气味。”贝纳莱斯说。

“还用说吗？因为我放进来了很多不速之客。”

“你总是嘴不饶人。”

1　世界最南端的城市，智利南极区和麦哲伦省首府。

“我们上次见面，你是坐办公室的，你的屁股越来越肥。”

“我对办公室文秘的繁杂事务腻烦了，于是请求调到了凶杀侦缉队。”

“凶杀?”

“死者为大。”

“我想你不是来对死者的死因做逻辑推理的吧。”我点上一支烟，呛得我咳嗽起来。

“卡维略，这个姓氏能让你想起什么吗?”

“什么事?”

“死者上衣口袋里有你的名片。我本想把它交给我们的人，可是我想起还欠你一个人情，于是我决定免你一次灾。尽管你总是目中无人，我还是一向欣赏你的。”

“卡维略死了?”

“从二十层楼坠下来，只能是死得透透的。你的名片怎么会在死者手里呢?”

“我是在调查可能杀害他一位同事的凶手时认识他的。卡维略原是一位侦缉队员，愿意给我帮助。我把名片给他，让他一旦调查到什么有用的情况，就给我打电话。”

“你说得太笼统，埃雷迪亚。你使劲回想一下，不要放过每一个细节。”

“赫尔曼·雷耶斯……”我补充说。我向贝纳莱斯讲了发生在这位货栈出纳身上的事，并把比希尼娅·雷耶斯的怀疑、我同特兰的接触都告诉了贝纳莱斯。

贝纳莱斯在我的写字台周围踱了几步，然后在窗户前停了下来，从上衣口袋里取出一片口香糖，剥去包装纸送进口中。

“凶手的情况你调查到了什么？”他问。

“关于这起凶杀案，我有两个设想，然而都不满意。”

“卡维略的帮助有用吗？”

“他曾在货栈所在的街区做过询问，可没有得到多少确切的线索。”

“坏了，埃雷迪亚。”

“可他现在人死了。是凶杀，是事故，还是自杀？”

“从情况看是一起事故。他住在一栋顶层有游泳池的新型楼房里。卡维略喜欢下班后到楼顶平台的游泳池游半个小时泳。这次好像他从水里出来后，走到游泳池护栏旁边时失去平衡，从上面坠落下来。没有目击者，即便有，也不愿说，怕招惹麻烦。”

“先是赫尔曼，现在是卡维略。这短短的时间内，死的人太多了。我倒愿意相信这位保安是死于意外。如果并非如此，那应该是有人将他推下去的。我要到那幢楼周围看看。”

“你就不要插手我的工作了，埃雷迪亚。”

“我就去瞧瞧，做些询问而已。”

“禁止你这么做，我什么也得不到。”贝纳莱斯露出一丝紧张的微笑，“除非你得保证将调查情况悉数告诉我。”

“就这么着。”我答道。我指着通向卧室的过道说：“你没有别的问题，我就去睡觉啦。”

“真羡慕你。”贝纳莱斯一边说，一边朝门口走去，“我得跑半个圣地亚哥才能到家。”

“各有各的烦恼。就拿我来说，这后半夜眼睛可能就合不上了。”

“还有一件事，埃雷迪亚。你记得我的那位颇具魅力的同事多利丝·法夫拉吗？”

“难以忘怀。前些日子我们还侦办过一位官员被杀案。她怎么了？”

“上周我去特木科[1]和她有过几次会面。她向你问好。看来你和她先前就是好朋友。”

1　智利南部商业中心。

9

卡维略生前居住的楼就在洛斯雷耶斯公园旁边，那是一个树木丛生的区域，街道路面都是新铺设的。高层建筑和房地产广告横幅日益增多，逐渐改变着这座城市的面貌。我按了门禁上卡维略家的按键，一会儿便听到一位自称那位保安遗孀的颤抖的声音。女子先是静静地听，停了一会儿后，打开单元门的电子锁。

这是位清瘦女子，个子不高，长长的黑发披在肩上，两眼泪汪汪，表明她悲恸欲绝。

“您这是碰巧找到我。”她先给我倒茶，然后说，“我是来休息一会儿的。孩子们都在教堂，守在他们爸爸身边。”

“我认识您丈夫。我对发生的事真的很难过。”

“这事很蹊跷。自从六个月前我们住进这套房子，他几乎天天都到那个游泳池游泳。我不知道他靠近楼顶边沿时在想什么。我丈夫对所有可能引起事故的东西一向谨慎小心。水阀、加热器开关、汽车的保养，这些他都很细心。他甚至连单元的阳台都给封上了。”

“对不起，提几个问题，因为我需要消除我的疑问。”我打断这位女子的话，“您和您丈夫和睦吗？你们经济上有困难吗？”

“除了一些生活小事，我们从未争吵过。至于钱，他的工资和我的工资加起来维持生活不成问题。我们生活向来简朴。这套房子就是用我们的积蓄和一位姑妈留给我的遗产购买的。”

“他有抑郁倾向吗？他嗜酒吗？他吸毒吗？”

“如果您在想我丈夫是自杀，那就大错特错了。再怎么他都不会做出这样的决定。他既不吸毒，也不饮酒。”

“我再次请您原谅，不过我并不认为您丈夫死于事故。”我起身向门口走去，“也许您丈夫有什么仇人，有人想害死他。”

“您的意思是我丈夫是被杀害的？”这位女子问，同时摇摇头，好像觉得我的问题有些荒唐，不着边际。

“我的工作迫使我不得不考虑到所有可能导致您丈夫死亡的原因。”

“不可能，这不可能。谋杀，我从未有过这种想法，就是在最可怕的梦魇中都不曾有过。”

“也可能正如您所说的，夫人，切莫因为我的提问而过度不安。总想刨根问底是我的坏习惯。”

“我得回教堂去了。”这位女子说，意在结束我们的谈话。

“谢谢您给了我这些时间，夫人。如果可以而且您觉得方便的话，我想看看楼顶平台。”

“我给楼房管理员打电话，请他让您上去。”

楼房管理员是位瘦弱、眼圈发黑的男子。他从前台后面的座椅上轻捷地转过身来，从头到脚将我打量一番，紧接着将通向各层的电梯指给我。

游泳池在瓷砖铺的平台中央。一侧是藤架，我想是为游泳的人遮太阳的。藤架后面是一个帆布遮阳篷，下面是一张木桌和巨大的烤肉铁箅子。到平台边沿的通道被一个高高的铁栅隔断，铁栅上有一个门闩闩着的门。远望是一片空际，下面是邻舍屋顶。强烈的阳光洒落在游泳池面上，一时间我真想脱去衣服跳入水中。一切都清洁有序。我打开栅栏门，走进禁区。我从平台边缘朝大街看了看，顿感眩晕得想吐。我再有一步就会走上卡维略的路。我体验了那空际的引力。我的双腿开始僵硬。

“当心！”我听到背后有人喊道。

我后退几步，看到一个年轻人正在搬一包花木用土和一些园艺工具。

“您不该到平台的那个地方。”那人向游泳池边的花盆走去。

我转身穿过栅栏门，走到这位花工身边。

“我是警察，在看现场，您应该知道发生的那起事故吧。”

“这楼里的人不谈别的事。”那人说。

“您认识卡维略先生吗？”

“他上来游泳，我常看到他。”

“昨天您见过他吗？”

“我们是在电梯里相遇的。他上顶楼来，我则去一楼找一些放在花园里的乳香黄连木。我们相互打了招呼，仅此而已。我因收拾乳香黄连木耽搁了几分钟，当我动身再次上楼时，便听到了楼房管理员的呼喊。”

“您乘电梯下楼时没有看到任何生人吗？”

“没有。”

“有人能在您不注意的时候上楼吗？”

这位花工眄视了我一下，不作声。

“您说的这一切仅仅限于我们两人知道。”我对他这样说是为了消除他那突然而至的不信任。

“楼房管理员有点大意，经常问都不问，就让商贩和一些陌生人进楼。有时候，他溜到地下室喝酒，门就开着。物业经理多次指责他，可他屡教不改。我就不懂怎么不把他给炒了。比他更能胜任楼房管理员工作的人应该有成百上千。”

“这就是说陌生人可以溜进来。”

“正是，而且您别忘了有两个电梯。”

“下楼之后，您又上去了吗？”

“警察不许我靠近游泳池，他们问了一些与您问的类似的问题，然后就命令我回到一层。”

“您对发生的事是怎么想的？”

“是一起不幸的意外，不然还能是什么呢？”

“您看见卡维略去过护栏外面吗？”

“从没有。”

“我注意到护栏门很容易打开。”

“三周前锁被弄坏了。经理应该再买把锁，可他还没买。”

“卡维略真倒霉。”

“人生就这样。该你的，躲不过。”这位花工满口哲理，他瞅瞅太阳，“您没有更多要问的，我就去干活儿啦。”

经过前台的时候，我顺便问楼房管理员，卡维略坠楼之前的几分钟，他在哪里。这家伙脸色一下苍白起来，阴阳怪气地说他当时在地下室打扫存放垃圾箱的房间。也许是真的，也许是为掩饰自己偷偷喝酒而编造的谎言。但是对我来说都一样，我就是希望弄清楚事发前楼房管理员是否擅离职守，疏于警惕。

我离开楼房管理室，走到街对面，注视这座楼房，感觉面前是一头随时都会走动的远古野兽。我从上衣口袋里取出烟盒，发现已空。我向四周看了看，视线内既没有香烟摊，也没有商店。我心里直抱怨，直到走到楼房对面的停车场入口处，才看到一个人挨着瓦楞纸箱坐着，纸箱上摆着甜食、饼干和炸土豆片。我想他也许卖香烟呢。我走近这个临时摊贩，是个干瘦老头儿，肩上披一件脏兮兮的外套，黑裤子和他脸皮一样皱巴巴的。

“您卖香烟吗?”我问他。

“贝尔蒙牌的还是德比牌的?”他生硬地问，“我单卖。”

“德比牌的。”

“一百比索。”他说，同时从烟盒里取出一支香烟。

我从口袋里掏出一枚硬币给他。

“买卖怎样?”我在点烟的同时问他。

“我买卖赚的钱，加上看护和洗车挣的，够吃饭和养家了。上午是学生经过这里，下午是附近的建筑工人。”

“您每天都在这儿吗?”

“上下午都在。”

“就是说昨天那栋楼里发生的事您是知道的。”

“我不仅知道，而且目睹了。”

“您看见了什么?”我分外急切地问。

“您对什么感兴趣呢?”他神情疑惑地问。

“我是记者，在写一篇关于那起事故的报道。”

“如果是用您写的东西去挣钱，那么我收您几个钱也是合情合理的啦，您说呢?”

我从口袋里掏出一张面值两千比索的票子递给这位摊贩。

“好抠门。是不是报社给您的报酬不高?”

我又给他两张。他把给他的钱装进裤子口袋里。

“随您写什么，但不要提我。”

“我向您保证，我不会写半句关于您的话。”

“事情发生得非常快。那人出现在楼顶平台边沿，就坠落下来，连呼喊声都没听见，差几米，不然就会落在一辆车上，就是和死者同住一栋楼的先生让我给他洗的那辆。”

“就这些吗?您看见平台上还有什么人?”

“没看见有别的人，不过您既然问这事，那人坠下不一会儿，我朝楼房门看了一眼，似乎看见一个家伙跑出来。”

“您肯定吗?您看清楚了吗?”

“我的视力很好，但还是看得不那么清楚。我只能说那人一头白发。”

“花白头发吗?”

“白发，像棉花团。”

“或许是这栋楼的住户。”

“住在这栋楼的人我都认识，没有这种头发的人。”

“后来他回来过吗?”

“他回来干什么? 这儿一片混乱，街道挤满了人。看热闹的邻居、侦探和警察。不知从哪里冒出那么多人。”

“您同侦探和警察说了吗?”

“您觉得我该同他们说什么?”

“说那位白发人呀。”

“我脑子没进水。我不想招惹麻烦，再说了，您以为他们会在意我说的话吗?”

“我在听您说。”

“您不一样。您想写关于那起事故的报道。您肯定是在那些封面上印着裸体美女来吸引眼球的报社工作。”

“您想过有可能是那个白发人将死者推下楼的吗?”

“我只想我的买卖和我应该照看的汽车。”

“死者您认识吗?”

“有时见他经过这里。从未搭过话。”

“他在邻居中口碑怎样?”

“说他是好人，在一家货栈工作。”

“关于他的死，邻居都是怎么说的?”

“一些人说他当时在找浴巾，另一些人则认为他当时就是失慎，也有人认为死者是突发奇想，跳下滑翔的……”

“那您是怎么想的？”

“什么都不想。我只想我的买卖……”

“您刚才就是这么说的。”我打断他说。

“那么我们就没什么说的了。”那人离开几步说。

“卖给我两支德比香烟路上抽。”

“您拿吧。送您啦。”

“谢谢！”

“您甭谢我。我是在帮您伤害您的肺呢。”

“一个白头翁。你说什么？”我问西默农，它侧躺在写字台台面上。

“是楼房管理员干的。”

“卡维略住的楼有一位管理员，一位花工，他们都不是白发。”

“楼房的经理呢？”

“不知道他是不是白发。我得见见他。”

“无论如何我都忘不了那位管理员。”

“随着岁月的流逝，你变得比一头母骡还犟。”

“我这叫智慧。”

我想再说些什么，电话铃声迫使我改变了主意。我拿起话筒，随即听出贝纳莱斯的声音。

“你有什么要说的？”他问。

“没有。”

“你甭骗我。我去过卡维略的灵堂，他妻子告诉我你去过她家，你谎称警察。你一点儿都没变，埃雷迪亚。”

我问自己是否应该对贝纳莱斯撒谎，回答是不该撒谎。于是我对他说了白发人的事，结果我感觉电话另一端的人吓了一跳，像是突然有人给他通上了电流。

“为什么我们忽略掉了这些细节？”他懊恼不已。

“也许你们有稳定的报酬，或者一心想尽快结案，提高破案率吧。”

“白发人的事你是从哪儿弄到的？”贝纳莱斯问，避开我的话题。

“我曾答应把鸡蛋给你，但没答应把下蛋的母鸡给你。”

“我认为白发人的事是你刚才编造的。告诉我实情，你在那栋楼里转悠时都发现了什么？”

“我把实情告诉你，你也不信。你面对一张写字台打发时间时动过脑筋吗？”

“你到底调查到了什么？”

“是楼房管理员将卡维略推下楼的。”

“胡说八道。你甭想套我的话，埃雷迪亚。”

“西默农信不过那位楼房管理员。”

“你的猫？”

“现在是缺少切入点，猫的建议是对的。”

“你甭打岔，埃雷迪亚。你在那栋楼里到底发现了什么？”

“白头翁，头发白得像你妻子为填饱你肚子而做的饼干所用的白面一样的人。”

贝纳莱斯将电话挂断，我手里还拿着话筒。

“我一心坦诚相告，而这混蛋却不相信我。”

“这就是爱说谎的后果，埃雷迪亚。”

“这道德课你还是改天再讲吧，爱管闲事的猫。”

我趁话筒还在手上，就给格里塞塔打了个电话，问她我们今天晚上是否见面。不走运，她累了，第二天她得递交一份她负责的人事方面的没完没了的报告。她告诉我她爱我，可我只能满足于她通过电话线勉强传过来的吻。然后我对她说再见，便不再想这事了。我从工作室走出来，打算去吃夹肉面包。走进楼道，遇上德西德里奥·埃尔南德斯。他低着头走过来，没有回应我的致意。我快步走进电梯，对这位邻居的冷漠也就忘了。我饿了。等待我的将是孤独的夜晚。

10

第二天早上，西默农来回扑腾，想抓捕一只大飞蛾，把我给吵醒了。猫从这边奔到那边，在床上蹦跳，飞蛾在一个角落安静下来，猫一副饿虎般的样子望着它。我决定助猫一臂之力。我将挂在床头的衬衫拿在手里，对准飞蛾甩过去。西默农看到飞蛾一头栽落在地上，便跑过去用爪抓住。

对飞蛾来说，这是不公平的做法，但我眼看着一只肥胖的猫像孩子一样蹦来蹦去，又感到心疼。

西默农严肃地看了我几秒钟，然后便痛快地咀嚼它的猎物。

“这点儿食物很鲜美，无与伦比，我没说错吧，西默农？”

我穿上裤子，看了一下床头柜上的钟：7点。窗外天空灰蒙蒙的。

“我觉得你学会吃东西时不说话很好。”我对西默农说，它依然在咀嚼它的早点。

我到厨房煮咖啡。我将冰箱里仅剩的一个鸡蛋煎好，把形状像石棺的长方形面包烤热，然后听着广播新闻，享用这乏味的早餐。

“我应该将那只飞蛾据为已有。”我看着倒胃口的煎鸡蛋心想。

我尝了一口咖啡，味道使我想起孤儿院里——我少年时代大部分时间都是在那里度过的——他们逼我喝的止咳糖浆。

“一场精彩的足球赛，麦哲伦队以四比零击败圣安东尼奥联队，比赛在圣塔拉乌拉足球场进行。”广播播音员说。

“这是开启新一天的好消息。”我大声说。

“你想这一整天都盯着这个煎鸡蛋出神吗？”西默农已登上了写字台，在接近我的早餐，很危险。

“不，我还得打个电话，落实既定的走访。”

“是去卡维略的遗孀那里吗？”

“是去胡利奥·苏阿索的女儿那里。”

“你不觉得你脑袋里装了太多死人吗？”

我决定到约兰达·苏阿索的工作单位去找她，再从她那里去一个她愿意谈她父亲的地方。科塔波斯律师事先给她讲过我在进行的调查，以打消她对陌生人的疑心。约兰达在朝向普罗维登西亚大街光线昏暗的市场上班。市场内有裱画店、冲洗照片店、印刷证书名片店、会计师事务所和缝纫店。苏阿索的女儿就是做修补缝纫工作的。她四十五岁上下，中等身材，溜肩膀。她的头发没有光泽，双眼隐藏在厚厚的眼镜片后面。她工作的地方很狭窄，刚好放下两台缝纫机和一张桌子，上面堆满了要修整的裤子和上衣。当我向她做自我介绍时，她勉强微笑了一下。

“您怕什么呢？”我注意到她属她对面的两个人管。

“怕佩雷斯太太，我的头儿。她不喜欢我谈话浪费时间。”

“大帆船几个世纪前就停航了[1]。”

“她不喜欢听我谈我父亲的经历。她当时是反阿连德政府的，她认为阿连德派的人在军事政变后的遭遇是罪有应得。她甚至在前不久还认为那些关于很多人被捕后失踪的故事都是人们为诋毁军政府而捏造的。”约兰达·苏阿索的腿上放着一件外套，她在往上缝扣子，“我下午请了假。您在市场门口等我。”

“恐龙和木乃伊并非过去的角色。”我说，“他们保持沉默，却仍然怀念着那位允许他们虐待贫民的将军。”

“您为什么要我开车来呢？”我们再次见面后，我问，“您想我们到什么地方谈呢？”

“去我认为更适合谈我父亲和他弟弟们情况的地方。”

“为什么这么神秘，约兰达？”

“我的青年时代大部分时间都花在掩盖我的家史上了。我不能提我父亲的遭遇，不能提家人之间的谈话。我母亲对陌生人一直有疑心，从不许我带朋友到家里去。一次在学校，历史老师问是否有同学的父亲是人民联盟党员。我把手举了

1　古代大帆船上的苦役如同奴隶，大帆船停航指人奴役人的时代结束了。

起来，于是那位老师用粉笔在我额头上画了标记，强迫我一上午待在角落里。我知道现在的情况不同了，但我还是害怕。我是被社会排斥和歧视的人的女儿，我仍然能感到那位老师在我额头画的记号。”

“现在我明白了。”

“您认识格里马尔迪镇那个地方吗？”这位女子问，并没有接我的话茬。

我们来到一扇大厚木门前，两边是红砖围墙。木门不远处还有一扇小门，通过此门可以走进一个用铁栅栏围起来的宽敞的公园。公园里有建筑物和树木。我们走到一座用作接待室的房子前。约兰达要我等一下，她走进接待室，同一位身穿显眼黄色衬衫的男子说话。我在外边等候，拾起一本被人丢在地上的小册子。我翻开小册子，随便看了一段："自1862年起，佩尼亚洛伦庄园属何塞·阿列塔家所有，此处经常举办音乐会和文学聚会，这些文化活动一直持续到1940年。同年，庄园的一部分，即目前格里马尔迪公园被卖给了堂爱德华多·巴萨略，他将这座房子变成了餐馆和政治家、知识分子、艺术家聚会的场所。1973年底，巴萨略被迫将该产业交给了国家情报局，该局将其改作当年12月实施的逮捕、拷打和流放的秘密中心。据估计，那里被关押和拷打的人有四千五百人之多，官方资料表明，二百二十六人从这里拉出去被杀害或失踪……”

我读不下去了。这地方的静谧让人浑身发紧，脊背微微发凉。感觉有人在公园偏僻角落里叫喊。我往前迈了几步，后来又决定离开这栋房子，来到军事独裁期间酷刑中心的模型展，那里有拷打人的塔架、蹂躏关押人的场所、便于对被捕人逐个审讯的单人牢房。一株巨大的树，它是各种痛苦和谋杀的目击者；一座游泳池，那些坚持沉默的受害者被沉入水中。“恐怖，极度恐怖。”我自言自语，走近一面石墙，那上面镌刻着被杀害人的姓名。

“我有两个叔叔的名字在上面。”约兰达在我身后说，“他们两个都是在这里被杀害的，我们永远无法找到他们的遗骸。我父亲运气好，尽管他活着依然担惊受怕。”

“他是如何活着离开这里的?”

“他当时被别的在押人员认出来了，其中一位在我父亲被绑架后几天获得自由，于是他把我父亲的名字告诉了一个宗教机构，该机构将我父亲被捕的事公布于众，并向法庭提交了保护令。”

“您父亲提起过行刑人的名字吗？或者提起过杀害您叔叔的人的名字吗?”

“他从不愿说这个。在他生命的最后时刻，他和科塔波斯律师向法庭提起了诉讼。他好像认出并确定了一个行刑人的住处。我父亲死前在写一份材料，那是他最后的证词。”

“那份材料放在什么地方了?”

“我印象中他总也写不完，东西应该在他的私人物品里。虽然有一段时间了，但我却无心整理。我只是把他的东西都装在盒子里，搁在地窖里了。”

“我觉得是打开盒子的时候了。”

"您为什么对这些事感兴趣呢?"

"刚才我对您说了，我在寻找杀害您父亲朋友的人。"

"您认为我父亲并非死于事故?"

"眼下我只是设法找到线索。"

"如果您认为重要的话，我就去整理那些盒子里的材料。"女子说，然后朝那棵树走去，树的根系露在阳光下。

我跟在她后面，一起来到树下，我递给她一支香烟，她用颤抖的手指夹住。我为她点烟，她在一条树根上坐下，那树根和树枝一样粗。

"我经常到这里来。我不晓得我这样好不好，说真的我并不特别在乎。只要我活着，我叔叔和我父亲的历史就有意义。我不晓得以后会怎样。我们所处的社会未来不会很乐观。时间会吞噬一切，他们同很多人一样，会被遗忘，剩下的只有镌刻在石头墙上的名字。"

11

我将约兰达·苏阿索留在地铁萨尔瓦多站前，继续沿普罗维登西亚大街，朝福雷斯塔尔公园方向行驶。

傍晚天气灼热，我忽然产生停车沿公园小路步行的念头。公园小径被粗沙和干树枝覆盖，整个氛围使我回想起大学时代，那是蓄长发的时代，认为爱情是永恒的时代，可以为之付出生命的叛逆时代。

为一个停车位等了十分钟后，我将车停在艾利亚维卢街，步行回去。我刚进大门，便看见费利斯·多明戈正在给地面瓷砖细心打蜡。他见我进来，停下活儿，匆匆走到信件分类架前，将两封信交给我。我注意到当我把信封装进上衣口袋，对信封里面的内容没有什么兴趣时，他的眼神有些失望。

“也许里面有什么重要的消息……”他说。

“放心，费利斯·多明戈。很少有东西能瞒过我的嗅觉，我闻一闻就知道这信封里是些商业宣传品。我甚至知道，除非我不在时小偷进来过，我房间里有我所需要的一切。”

“堂安塞尔莫几次来找您。他托我告诉您去报亭找他，好像他有重要的事要告诉您。”

“准是星期天赛马的好消息。”

“您喜欢赌马吗？”费利斯的口气带有责怪的意味。

“我喜欢赌马，喜欢看着那些畜生奔向比赛终点的场面。看到一匹跑在前头或具有明显优势的马奔驰而来，人便会激动得禁不住手舞足蹈，那情景真是无与伦比。我喜欢看骑士的彩虹上衣，听台上投注者的欢呼声。这些已经超出了游戏的意义，是一种人生训导课。希望仅持续几秒钟。无论输赢，投注者都知道欢喜或失落的感觉都是瞬间的。比赛一旦结束，新的比赛立刻产生，同时也产生了新的胜利机会。”

“很遗憾，我得对您说我不同意您的说法。从小我妈妈就教导我赌马是一种恶习，不能沾染。”

“是恶习？费利斯·多明戈，您这是玩笑话吧。”

“您不会是在侮骂我吧，埃雷迪亚先生。请您记住我的名字带字母x。”

“俗话说得好，人人都背着自己的十字架。”

“先生，您这话是什么意思？”

“意思是我最好还是去看我的朋友吧……”

安塞尔莫在看一本科学杂志。他看似全神贯注，我脑袋一出现在报亭的小窗前，他便停止阅读，和往常一样热情地向我打招呼。

“你来得正好，”他说，“你知道地球的气温在升高吗？地球吸收的太阳能比它散入空间的太阳能多，各大洋的海平面高度每十年上升三厘米到四厘米。你不觉得担忧吗？”

“这种趋势继续下去，蟑螂就危险了。”

“水淹到后脑勺时，我们都得完蛋。”

“难道现在水还没有淹到我们后脑勺吗？情绪紧张、负债累累、低薪、失业，还有几场瘟疫。这一切，你认为还不够吗？”

“你甭贫嘴，我在说会将地球淹没的海水。”

“等到那时，我早变成一堆尘埃和骨头了。”

“你就不想将来吗？”

“我只为将来忧心，仅此而已。下星期赛马我们选定马了吗？”

“有几匹马。但我要给你说的并不是这事……”

“你想继续谈太阳过热的话题吗？”

“我想知道你是否把我的手机号给了什么人？”

“是的，但我想这人打不了电话了。”我随即把卡维略死亡的事告诉了他。

“糟啦，好像死者在他开始玩飞人杂技前曾设法和你通电话。”

“你说什么，安塞尔莫？”

“你自己看看。”安塞尔莫掏出手机，将显示屏给我看，“死者给你留下的文字信息。”

我在手机显示屏上看到了“Montegón，detec，buln，Peña”。

“我不明白。他写的是暗语吗？”

“估计死者给你发这个信息是有什么急事。”

“很急？”

“他急着跳楼或是有人在追击他。”

“你脑子转得很快，安塞尔莫。”

“你把信息抄下来，回去好好想想。我不是算命先生，也不是侦探，但我的直觉告诉我死者在赴幽冥之前，有话要说。”

我从上衣口袋掏出记事本，按安塞尔莫的建议将信息抄录下来。

“这纸上写的什么？”西默农问，它早已盘卧在我的腿上。

“‘Montegón’（蒙特贡）很明显是指货栈的经理。‘Peña’（佩尼亚）只要是完整的词，应该是一个人的姓氏。‘detec’和‘buln’都是半个词或缩略语，一时还确定不了意思。”

我拿起写字台上的字典。以‘detec’开头的词并不多：detección（检查，名词）、detectar（检查，动词）、detective（侦探，名词）、detectivesco（检查的，形容词）、detector（检波器，名词）。是暗语吗？还是缩略语？至于‘buln’，没有这四个字母开头的词，另一个缩写词，或没写完的词？

“西默农，拼图游戏我从不在行。”

“干吗费这个劲儿呢？您同蒙特贡谈谈，问问他这些词是什么意思不就得了。”

“倘若是蒙特贡杀了卡维略，这事还不能当面问他。就连最凶猛的老虎在扑向猎物前也会采取迂回的办法。”

电话铃打断了我的思绪。西默农从我腿上跳开，朝它喝水和吃东西用的锡碗走过去。我拿起话筒，听到了特兰的声音。

“您仍然对赫尔曼所进行的调查感兴趣吗？”他问，“您还记得我和您说的他当时一直在收集杀人凶手罪行的情况吗？”

“您找到什么信息了？”

“我记得他最后像着了魔似的调查一个叫哈维尔·托罗·帕拉西奥斯的人。”

“这个人是谁？”

“是格里马尔迪镇的头目之一。赫尔曼在收集曾经被关押于此的政治犯的证明材料时，意识到托罗是他被捕后审讯他的军人之一。”

“您知道我到什么地方能找到托罗吗？”

“这正是赫尔曼生前没能解决的问题。有人告诉他托罗去了巴西，但他从未能证实托罗真的去了那里。他曾请求巴西警方提供帮助，但他们没能给他任何有关情况。他曾向圣保罗一个人权组织求助，得到的答复是没有哈维尔·托罗入境或在巴西滞留的记录。”

“他离开智利可能是个烟幕。”

“赫尔曼同一位曾被关押在格里马尔迪镇的同事谈过，这位同事说他在一家银行认出了托罗。赫尔曼的这位同事去那里申请贷款，托罗好像是那里的保安头目。赫尔曼对此做了调查，那里的人告诉他职员中没有姓托罗的。”

“说见到他的那个人也许弄错了。”

“赫尔曼监视这家银行好几天，进出的人中没有符合托罗形象的。他继续调查，所有他能去的地方他都去过了，也没获得托罗的新线索。”

“我们的线索又断了。”

“说实话，我吃不准这是不是个线索。我只是想起托罗的事，就想和您说说我的不安。”

“您做得对。有时候还真能歪打正着呢。”

特兰又说了些无关紧要的话，随后就和我道别了。我走到工作室窗前，看见安塞尔莫忙着整理报纸，准备结束当天的工作。我本想打开窗户，从这高处和他开个玩笑，可就在这时，一辆车停在报亭前，那位住在五楼的金发女子从车上下来了。她是从事安抚冤魂屈鬼这一古老行当的。她向站在大楼进口处的费利斯·多明戈问了一个问题，随即坐上车，重新启动，很快便从我的视野中消失了。安塞尔莫锁上报亭的金属卷帘窗，迈着疲惫的脚步向托林酒吧走去。四周和往常一样，只有几位在拉皮奥赫拉酒吧喝完酒走出来的醉汉，在傍晚的静谧中哼着不着调的曲儿。

我回到座椅上，拿起一部美国侦探小说家比尔·普洛奇尼的小说，主人翁是无名侦探。我希望将眼下的案子抛在脑后，完全沉溺于小说惊险离奇的情节中，忘却工作室门外几米处涌动着的一切。

12

我顺着货栈内的一条通道转悠，其间曾停住脚步，听一位油漆工在一扇窗前面推销合成油漆。二十来位顾客在听他宣讲，但对这种产品的特性并不是很明白。我此次来货栈并没有特定的目的。我沿通道信步逛游，琢磨着这货架上摆放这么多螺钉、螺母和螺栓是干什么用的呢。

半个小时后，我正打算返回街上，却看到了我上次来货栈谈过话的那位保安。他显得没精打采，胳膊肘撑在轮胎垛上，注视着在工具区查看标价的顾客。我走到他身边，他认出了我，热情地和我握手。

“我猜想您是为我同事卡维略的事来的。”他没有停止对顾客的注视，“消息一出，没人能接受如此不幸的事是真的。”

“对我来说，也是难以接受的。”我说，声音很低。

“您和他是朋友吗？”保安问。

“老朋友。”我撒谎道。

这位保安脸上浮现出痛苦的表情，脑袋摇得拨浪鼓一样，好像要以此来驱除无情的魔鬼。

“卡维略和我是好朋友。”他补充说，“有时我们会去喝啤酒。上个国庆节我还请他到家里吃饭。他和他妻子一起来的，我们很开心。他是个热心人，这里，货栈的人都喜欢他。”

“如果不麻烦的话，我想就货栈和卡维略请教您几个问题。”

“您问吧。”保安很爽快地答应了，“您想知道什么？”

“货栈职员中有姓佩尼亚的吗？”

“这里的保安没有姓这个的，我不知道别的职员的姓名。”

“您的头儿，蒙特贡是个什么样的人？”

这位保安一改痛苦的表情，露出质疑的神色。“您并不打算买东西，是吗？”

“我可以信任您吗？”我以说话算数的口气问。

“这要看什么事。我不想招惹麻烦。”

“我在调查货栈里可能存在的侵吞行为。”

“您有特定的怀疑对象吗？”

“所有人，每个职员。”我不等他发表意见又问道，“您对蒙特贡有什么看法？”

“我说不上来。他来货栈时间不长，我没机会和他打交道。”

“卡维略曾对我说他在监视职员方面很用心，甚至到这个街区的酒吧走访，核实那些下班后去喝几杯的职员的情况。”

“我觉得这未免有点儿夸张。蒙特贡就喜欢喝酒。”保安注视着一位决定买电钻的顾客。

“我会考虑您的意见的。”我说，接着我问他是否看到过一个白发人在货栈转悠。

“头发花白吗？”

“白发，雪白。”

“没有。记不起来。这货栈一天中进进出出成百上千个顾客。”

“detec、buln——这些名字、暗语、密码或者别的什么，您知道是什么意思吗？”

“我第一次听到这些词。”

“可能是保险密码。”

“我觉得不是。这些名字是从哪里弄到的？”

“这我不能说。这是此项调查的秘密。”

“我懂。”保安说，略有歉然之意，“不该知道的事就不要问。”

“本分。”

“您去找蒙特贡谈了吗？”

“回头去。”

“您认为他有可能涉足什么违法的事吗？”

“不。”我撒谎说。我看见一位金发男子挥着右手招呼这位保安。那人身穿洁白大褂，从穿着看，好像在货栈有些地位。

“好像是在叫您。”我告诉保安。

“拉雷纳斯，会计处的主管。一定是保管室有笔款子，要我去警戒。我得去啦，不过需要帮忙，您尽管来找我。”

“现在就需要您帮忙。”

“什么事？”

“守口如瓶。我们的谈话不要对任何人说起。”

我信任这位保安会是个错误吗？我在问自己，同时看着他陪同那位主管走远。主管似乎在给他下达什么指示，他则连连点头接受。我可能没有犯错，因为他走时确信我是警察。如果他不履行守口如瓶的承诺，会吃不了兜着走的。希望在我有新的怀疑，或对那些螺母和钉子有新的兴趣来这家货栈前，他将保持沉默。

我找到了货栈出口。走到货栈大门时，我看见蒙特贡和一位拳击手模样的高壮男子在一起。我本想悄然离去，但没有成功。我跨出大门时给他看见了，无须回头便知道他紧盯着我的每个脚步。还不到和他见面的时候。我需要汇集情况，或者我至少需要依据某种理由，弄清他在这些未解之谜中的角色。

与西默农分享在圣巴勃罗街和普恩特大街街口一家店买的牛排后，我拿起话筒，给格里塞塔打电话。她刚开完会，会上通过了她提出的一项关于圣地亚哥南区土著居民就业过程中学历问题的报告。她知道我对此没什么兴趣，于是问我调查进展如何，然后邀我到贝利亚维斯塔街一家餐馆吃饭。我们约好时间，放下电话前我告诉她我想她。

“你最好还是习惯我不在。”她说，“我接下来的工作需要我在奇洛埃[1]待上几周。”

“我没弄错吧，今晚的邀请是不是有点儿像最后的晚餐？”

“我只不过离开一段时间，又不是把你钉在十字架上。”

“你放心，我们的协议我记得清清楚楚。人人头上有一片天，地球不会为谁的时运好歹而转动或停止的。”

“你在抱怨吗？”

“没有，除非最终我对好运比对厄运更感兴趣。”

“老这样下去，也许有一天你会决定改行的。”

“女主人，接受你学会的小小的工作，像你信任的人那样度过你的余生，全心全意为上帝效劳，倾尽所有献于上帝，既不要把自己变成专横的人，也不要把自己变成任何男人的奴隶。”

“这语录你是从哪儿摘取的？”

“你真是无药可救。”

“我需要救药吗？”

“你这样我权且忍受着，埃雷迪亚。不过你别过分。”

和格里塞塔通完电话，我拿出写字台抽屉里的胡安·赫尔曼[2]的书。“我不下地狱/我要攀升/直到我的儿子/因其善良/富于理想/英年夭殇/直到我的儿子/因为国难/惨遭酷刑/身陷囹圄/被杀殒命。”诗人笔端流露出恐怖，让我想起我的每一步都与将我生命一分为二的过去联系在一起：充满理想的年龄与可恶的时代，无法逃避，好比无法将皮肤丢弃

1 智利海岸的一组岛屿。

2 阿根廷著名诗人。

在肮脏的衣筐里一样，也无法放弃每天早上促使我走近窗户，看看太阳是否依旧从东方升起的永不泯灭的希望。

我读赫尔曼的诗，直到闹钟提示我和格里塞塔约会的时间到了。我走出工作室，感到微风拂面。我穿过通向马波乔河北岸的桥，听着裹挟了垃圾及冲刷物的河水声。我胳膊肘撑在桥的栏杆上，点上一支香烟。天际隐约闪烁的灯光表明，虽然有各种各样的痛苦，生活依然沿其轨迹行进。我必须拯救值得拯救的一切。香烟已经燃烧到烟蒂，我不再思量这河，加快脚步往安东尼奥洛佩斯德贝略街走去。人行道光线昏暗，白天为这街区带来繁华的商店都放下了金属卷帘门，沿街一些拾纸板的人在捡商店门口的垃圾。几只狗在垃圾堆里寻找剩饭，看上去它们没找到多少。跟在它们后面的流浪汉也一样，他本打算和狗争夺一顿他永不会获邀赴宴的食物残渣。我感到浑身一冷，好像听到背后有脚步声。我停下来，朝四周看看，没看见有人。我想到了写字台上与赫尔曼那本弄旧了的书放在一起的手枪。我继续往前走，不一会儿又听到脚步声。这一次我等了几秒钟，转身往后看，只见一个戴礼帽男人的影子藏在门廊里。我朝他走了过去，然而当我到了门廊时，一只黑猫懒洋洋地看看我，然后朝居民区的一个角落跑去。我迅速朝周围看了一眼，待在那儿没动，几分钟后，三个妓女从我身边经过，她们穿着靴子、呢料外套和薄纱裙。我看着她们，直到她们走远。后来我又想起了和格里塞塔的约会。

“迟到半个小时，你脸色显得不安。”看到我走到桌子前，她说。她在喝装在蓝色大杯子里的莫吉托鸡尾酒。

“一个幽灵般的家伙。”我答道，同时举起一只手招呼服务生，“不过，现在我担心的是怎么赶上你。我落后你一杯。”

“你说的幽灵指什么？”

“我觉得有人在跟踪我。或许是我的幻觉。”

“你总是夸大其词，埃雷迪亚。如果不了解你，我要为你操心死。”

“你不要大意，格里塞塔，说不定哪天我会突然找你。”

“我累了一天，现在需要的是一顿可口的晚餐。”她把菜单递给我。

“烛光晚餐。这是开启美好夜晚的好办法。”

“最后的晚餐。难道这不是你今天下午说的话吗？”

格里塞塔用完早餐后走了。我从阳台看着她离开公寓楼，顺着艾利亚维卢街向地铁卡利坎多站走去。这是一个雾蒙蒙的早晨，最适合待在家里看书或看老电影。

“我喜欢这灰蒙蒙的天。”我一边对西默农说，一边调着收音机，“我觉得这样的天气才是这座城市的真实面孔，它使人有种踏实的感觉，就像在翻看相册或者将一块巧克力藏在枕头下一样踏实。”

“我更喜欢艳阳天，”西默农说，同时在用力排便，“在阳台晒着太阳美美地睡午觉。”

“最近你总和我对着干。”

“你在说什么呢，埃雷迪亚？”

我没有理睬猫，集中精力阅读约翰·伯格的书。这是格里塞塔放在我写字台上，建议我尽早阅读的一本书。是部短篇小说集，其中一篇讲的是有个农民给在牛圈的奶牛拉手风琴，以此抚慰自己孤独的心灵。

我专心看书，直到约兰达·苏阿索走进工作室我才把书放下。她那怯懦的神情和我们第一次见面时一样，我一看就明白她有重要的事要告诉我。

“您应该收拾一下工作室，放些花木。”她一边走近我的写字台一边说。

“哪天我得做一个汇编，将所有首次进我工作室的人所提的建议收录进去。”

“对不起。我没想让您难堪，埃雷迪亚先生。我来是想告诉您我父亲给科塔波斯律师的材料我找到了。挺不容易，我翻了一堆文件夹。”

“材料里说了些什么？”我迫不及待地问。

“很难相信人的一生竟然可以压缩到三个盒子和两个塑料袋里。”约兰达不为我的急切所动。

“都是笔记吗？”我追问道。

“我父亲的字写得极差。我找到的这些材料光抄写就费了我很大气力。”她交给我一个牛皮纸信封，里面装着十几页手写稿和四页打印稿。

“上面写了什么？”我没等她回答，便看了起来：

“政变后我便决定回到工作岗位。我回到了公共事务处，负责管理。我在那里吃了一顿午饭，便明白一切都和从前不一样了。我接触到大逮捕幸存下来的同事，他们说我的名字应该在阿连德党的工会领导名单里，新当局迟早会找我算账的。我没理会他们的话，接下来的日子里，我和往常一样拥有一张写字台。办公室的一些同事一直是军事政变的支持者，我想，他们的仇恨已经得到平息。五个月内不曾发生任何特别的事情，我以为说我的名字在不受欢迎人员名单里是个错误信息。结果我错了，就像我一生中其他事情一样错了。对我的逮捕是在一个星期四。永远不会忘记！我正要穿过普罗维登西亚大街，就听到有人喊我的名字，是个高个子白人，身穿咖啡色皮夹克，戴一副墨镜。他又喊了一遍我的名字，走到我身边，非常近，我都闻到他嘴里的味道。他叫我跟他走，不要想逃跑，因为周围有三个人盯着我。我想起人们讲逮捕其他同事的情形。我确信我已经落入一口也许永远逃不出的井中。我现在总想那时应该逃跑，可我没逃。我按照他们的要求，朝停在街道一侧的白色汽车走去。车内一位戴墨镜的男人负责开车，另外两个人若无其事地走过来，命我坐在后排，他们坐在我身边。高个儿白人坐在司机旁边。他让我低下头。轿车朝城西区驶去，在意大利广场转向福雷斯塔尔公园一侧，在美术博物馆前的一个街口停下，这时他们才让我抬起头，我向四周看了一下。一个人用胶带蒙上我的眼睛，然后给我戴上墨镜。轿车重新行驶，半个小时后在一处停下，根据刹车时的响声我估计这路上尽是石子。一人下了车，打开一扇门，然后回到我身边，轿车重新启动。我担心会有更可怕的事发生，然而数小时过去了，什么也没发生。从车里出来，我被戴上手铐，带到一个散发着猫尿臊味的屋子里。我独自一人，心里充满恐惧和对往事的回忆。我证明他们说的是真的：一个面临困境的人会回顾自己的人生。我听到隔壁房间有电视机的声音，应该是有人在看电视。我注意听，发现是我常和孩子们一起看的综艺节目。我一下子想起了孩子们的笑声。

“然后再次感受到极度孤单。没人看见我被捕，我的同事谁也不知道我在什么地方。只有这些鹰犬是真实的，只有我自己知道我在他们手中。我使劲摇头，墨镜落在地上，眼睛上的胶带有些松了，我看到从门一侧的缝隙透进的微弱光线。”

我不看苏阿索的这些笔记了，直觉告诉我，接下来回忆的是他最悲惨的部分。

“我不敢相信父亲是这些材料所述暴行的对象。”约兰达说，“我知道他经历过的事情，但从未如此详细。”

“对他来说，面对回忆一定很不容易。”

“我整理这些笔记时会想起他，几乎能在我家葡萄架下看到他。他常坐在那里，捧着头，静静地待很久，也许在等待他们再次来找他。我小的时候，每次走到他身边，他总是一言不发，只是抚摸我的头发，微笑而已。”

“一定是他不愿家人分担他的痛苦。”

“您觉得这些材料对您的工作有用吗？”约兰达问。

“等我看完才能回答这个问题。”

约兰达朝我微笑一下，随即向门口走去。

我本想接着阅读这些材料，但没有。我要到街上透透气，放松一下，暂时从胡利奥·苏阿索的回忆中跳出。我把这些材料装进上衣口袋里，走出工作室。在班德拉街和卡特德拉尔街的拐角停下脚步，看一个面目丑陋的家伙散发一家脱衣舞厅的宣传单。离他不远的地方，一位姑娘打扮得有模有样，穿一件凸显胸脯的紧身上衣，大声推销一家电话中心的产品。大教堂一侧，几个秘鲁人在热烈交谈，一位女子在他们之间推销一些这里早已过时的菜肴。这里没有什么新鲜事，起码我没有看到。我的思绪总摆脱不了苏阿索的笔记，它在提醒我尽管现时的东西纷繁，但过去的东西依然活着，人们虽然对过去的事说得不多，但有人对历史感兴趣，就可以辨认出它的踪迹。

我信步来到一家小咖啡馆，要了一杯咖啡和一份小点心。点心干巴巴的，像是已在玻璃柜里储存了多日。我点上一支香烟，重新开始看。可怕场面的描绘可想而知，在众多关于酷刑和折磨的回忆中，有两段引起了我的注意。第一段是这样说的："第一个晚上，他们把我关在一个几乎动弹不得的房间里。第二天早上，把我转移到另外一个关有四五个囚犯的房间。由于我拒绝回答他们的问题，最后被关进了他们称之为'塔'的地方，一个单独的审讯室。在那里，囚犯会被吊上几个小时。在我被捕的日子里，我多次自问拷打我的都是些什么人。我从未看见他们的脸，至于他们的名字，我听到两个绰号：'疯狂的马'和'迈达斯国王'。后来，我离开格里马尔迪镇，一位同事告诉我，第二个绰号是一个叫哈维尔·托罗的军官的。这个信息我一直没能证实，尽管经常看涉及军人的新闻报道，但我从未看到也没听到关于这个名字的新情况。”

第二段更简单。“随着时间的推移，”苏阿索写道，“我明白肉体的摧残并非唯一的苦难结局。更可怕的在后面，是伴随你余生的恐惧。害怕再次被抓，害怕说起被捕过，害怕人们的不信任，害怕他人不怀好意的议论，害怕提起我的经历会在一些人那里引起反感。”

我将笔记装起来，向桌子上原封未动的小点心道声再见。我在想我的棋盘上下一步应该走哪一颗棋子。

13

远处，阴影间，货栈仿佛一头沉睡的怪兽。我反复阅读苏阿索的证词材料和卡维略发给我的短信后，开始对该货栈进行监视。这已是第四个夜晚。我不知道会发现什么，但总觉得这个货栈夜间应该有事发生。

早些时候，我一直睡到傍晚，在该街区的一家秘鲁小餐馆用餐之后，回到工作室，看我在凌乱的图书室里随手拿到的东西，等候夜晚的到来。我读了《你很快将成为影子》的三个章节，这本书是奥斯瓦尔多·索里亚诺[1]在作家会馆的一次报告会之后给我的签名本。我还读了菲利普·迪克一个短篇的部分。这个短篇小说的标题是《少数派报告》。小说开篇是一面巨大的镜子："安德森看到那位年轻人，首先想到的是'我在变成秃顶，变成胖子，变成老头儿'。"这"变老"如同我手指上的戒指一样合适，然而我的头发却依旧坚实，至于

1　阿根廷记者兼作家。

多余的体重，在被一把折刀抚摸导致在床上躺了一段时间之后，也就减掉了。

我承认我喜欢在黑影的掩护下过夜，听着各种异常的响声，一位土著朋友赠送我的皮制酒囊里装有威士忌，可以不时喝上一口。皮酒囊有一个明显的豁口，是一个歹徒刺杀我时留下的纪念，当时我在中央市场附近追捕他。尽管这样，这酒囊依然可以用来装些酒。

就在酒囊要空了时，我朝货栈瞥了一眼，只见一个飘忽的、戴着礼帽的男子身影在门口晃动。我想起同格里塞塔约会前发生的情况，于是本能地将手伸向装着贝雷塔手枪的上衣口袋。那人慢慢前行，在一个看上去已经废弃的报亭旁停下来。我想点上一支烟，不过还是克制住了。那人没有动。过了五分钟，我实在忍不住，鼓起勇气离开藏身的地方，打算去认识这位陌生人。不过我正要动身，一辆载重卡车的声响打破了街区的静谧。我本以为这辆卡车会在货栈门前停下，结果我错了。卡车径直开了过去。当卡车重新消失在黑暗中，我注意到那个陌生人放弃了报亭的掩护，走开了。我尾随其后，一会儿工夫我们就离开了那条黑暗的街道，走进一条明亮的大街。我老远就认出了他，但没敢说出他的名字。我继续跟着他，来到一家酒吧。酒吧的门还开着，在等候当晚最粗犷酒客的到来。我走进酒吧，朝顾客满座的大厅扫了一眼，在角落里的一张小桌子前看到了他。服务生在给他斟酒，收音机在播放旋律忧伤的博莱罗舞曲。那人朝我看了看，我好像看到了他脸上讥讽的微笑。我没多想，朝他走过去。

“是您和我谈谈的时候了。”我对他说，同时在桌子旁边的椅子上坐下。

蒙特贡看了看我，并没有显得惊讶，喝一口酒。“是的。是该我们见面的时候了，埃雷迪亚。”

“您是怎么知道我名字的？”

“连续两次以上遇到的人，我就要设法知道他是谁。我第一次见到您是在货栈，之后是在酒吧，在已故的卡维略陪伴下。”

“再后来就是在贝利亚维斯塔街跟踪我。”

“那次纯属巧合。我当时在那条街行走，认出了您，于是决定看看您空闲时忙什么。您女友十分美丽。您真有运气，埃雷迪亚。”

“我提醒您她没涉足您要进行的任何游戏。”

“我不是在威胁您，只是表示礼貌。”侦探补充说。

蒙特贡说话面带微笑，马上招呼服务生给我上一杯酒。

“您为什么监视货栈？”我问他，“您在寻找什么？”

“我向您提出同样的问题，埃雷迪亚。现在的问题是谁先回答。”

“我们有两个选项。一是我们互相打耳光，直到一方决定先说；再就是像有理智的人那样交谈。”

“我更喜欢交谈，只要我们彼此坦诚相对。我向您建议把牌放在桌子上，不设圈套，不要花招。”

“同意。唯一的问题是谁先说？”我注意着我同伴的举动。

蒙特贡从上衣口袋里掏出一枚硬币，向我展示硬币的两面。

“背面。”我说。

蒙特贡轻轻将硬币抛向空中，让它落在桌面上。

“您输了。”当硬币不再动时他说，“由您开始。”

我朝周围看了一眼，好像在找人来告诉我，一场结局不好的赌局开始了。

“我在寻找杀死赫尔曼·雷耶斯的凶手，人家向我求助，我无法拒绝。”

“是令人难过的事。可是，您凭什么认定这人的死是一次谋杀，而不是一次抢劫所致呢？”

“凭我的嗅觉，凭我的预感或凭我总爱探明究竟的坏习惯。”

“是三个浪费时间的理由。”蒙特贡又喝了些酒，“您在货栈门前希望找到什么？”

“碰运气。”

“卡维略对您说起过货栈发生偷盗的情况吗？”

“没有。”

“撒谎。他不是要您相信他一直在观察那些吃里爬外的事吗？”

“是的。卡维略提到过偷窃的事。我想知道这是不是真的，与赫尔曼·雷耶斯的死亡有没有联系。”

“您这才是真诚，埃雷迪亚。您赢一杯酒。”

“谢谢，可是在这样的黑夜里，我要不自斟自饮，要不就在朋友的陪伴下饮酒。”

“您错过了一杯酒啊，埃雷迪亚。”

“您凭什么认为我说的是实话呢？”

“我干这行二十年了，我可以看出一个人是不是在撒谎或企图以假换真。”

“您是从事什么工作的？”

“和您一样，不过比您运气好。”

“关于我的运气，您都知道什么呢？”

“在您的街区人们说的情况。”

“卡维略曾说您在货栈担任管理职务。”

“那是我对职员们使的障眼法。”

“那么您的真实身份是什么？”

“他们聘我在货栈内部进行调查。”

“调查偷盗吗？”

“不是。那是捎带的事。货栈主人担心正在组织之中的工会。他们希望知道谁是领头的，他们的计划是什么。”

“噢，工贼。这是为人所不齿的工作。”

“我喜欢称之为商业间谍。”

“难怪您去那些职员常去的酒吧呢。您的工作我不羡慕。”

“您的工作我也不羡慕。”

“我开始觉得和您交谈会是很困难的事，我外套里的枪在跳动。”

“我对那铁玩意不感兴趣。我想我们可以联手。您知道，俗话说得好：一只手洗另一只手，两只手都干净。”

“联手我能得到什么？”

“我可能知道您不知道的情况。”

“是的。我有一个您也许可以帮我解开的疑问。卡维略死前，向我一位朋友的手机发了一条信息，其中有Montegón、detec。也许您为了继续在货栈里暗中调查，便将他杀了。”

“这让我吃惊，埃雷迪亚。我不知道卡维略知道我的真实工作。那条信息还说了些什么？”

“我为什么要告诉您呢？”

“为了不走弯路。我熟悉在货栈工作的人，这会方便您的调查。”

“这理由不充分。”

“您说了您不喜欢我的工作，但是您可以信任我这个人。”他看着我的眼睛说。

我决定冒险，把一张纸条放在桌上。

“buln，Peña，这些词您看会是什么意思？”

“我不知道Peña（佩尼亚）是谁。buln可能是货栈财务主管费尔南多·布尔内斯的姓的一部分。我是在我刚开始工作后的一次会议上认识他的。他是货栈最主要的主管之一，深得主人的信任。”

“财务主管一定掌握仓库的货物数量，当然，他也可以窜改数目。”

“您的思路很快，埃雷迪亚。”

“您对布尔内斯的情况还知道什么？”

“不知道。”

“真的吗？”

“我们已有协议。我要是知道更多的情况，会告诉您的。”

“我没有答应协议。我不想掺和您的调查，也不想对您揭发的职员的不幸负责。”

“您不想同我交易，为什么走近我的桌子呢？”

“有时候要过河，不得不弄湿鞋子。”

“很有哲理，埃雷迪亚。怎么样？我们联手干？”

“您和我只是有共同的职业，然而这并不意味着什么。与人们所认为的相反，并非所有的猫夜间都是黑的。”

“您不要轻视我的帮助。”蒙特贡语气柔和地说，“您同意分享从今往后弄到的情报吗？”

“准确、及时地分享。”

“向我谈起您的那些家伙是有道理的。”蒙特贡哈哈大笑，胖脸蛋都抖动起来。

“他们向您说什么了？”

“说您是个狡猾的无赖，还能说别的什么？”蒙特贡指了指酒瓶，“帮我把它干了。不用客气，就是两个半夜里遇到一起的家伙短暂合作而已。怎么样，埃雷迪亚？几杯酒可以让您改变主意。”

14

我同蒙特贡一起把瓶里的酒喝完，约定改天在货栈前再聚，然后告辞。我没有接受他继续喝下去的邀请。

我停下脚步观赏月光。生命在流逝，我想，我除了记忆没有别的财富。我觉得我这个人较之将来更注重现实，在这大街上我就是一只聚精会神的眼睛；一位忘记自己名字、将目光投向张张陌生面孔的守望者；一位希望一路平安的无名路人，尽管有时候他会怒火中烧，双拳紧握。

我可以信任蒙特贡吗？应该接受他的帮助吗？没走多远脑海里便冒出这些问题，但我没有找到合理的答案。我可以接受这个伙伴，同时保持警惕，听其言观其行。我继续往前走，突然注意到一堵墙上的广告，上面有一家夜总会的名字，使我想起了温贝托·巴尔塞罗，一位几个月未见的熟人。我看了看表，决定碰碰运气。巴尔塞罗原是位印刷工，政变后被捕，说他印了传单和工会会刊。他在格里马尔迪镇被关押了几个星期，虽说他活着离开了那个地方，却永远不再是原来的他了。他熬过了电刑、水缸或粪缸内浸溺等折磨，但心早已破碎。

他被恐惧或内疚压垮了吗？我从未得到他的回答。我时而去看望他，谈一些不引起他对过去回忆的事情。

他在红宝石夜总会当看守，那是那些来游览地狱境界的女招待进入的洞窟，是那些受到旅游宣传册上所鼓吹的天堂诱惑来到智利的秘鲁、多米尼加和厄瓜多尔姑娘进入的洞窟。在夜总会门口我遇到一位身兼看守和驱赶不受欢迎顾客之职的壮汉。他穿一身黑色运动服，上衣印有中国龙。我一到他身边，他便认出我来，于是脑袋微微动了一下，我便明白我有足够的信誉进这个门。

“今晚生意如何？”我问他。

“醉鬼、色鬼有的是。”

“我来找巴尔塞罗。”

“他是一个小时前来的。”这位看守答道，一脸的不情愿，“不过我保证里面定会有比那个呆子更好的人可以陪伴您。昨天有两个多米尼加妞才开始上班。”

“那你定会有兴趣把活儿带到家里去做的。”

“一直都有兴趣，伙计，可是姑娘们知道一个看守的口袋里没有多少钱。”

“你可以施展别的魅力……”

“您是想我会用我美丽的双眼去引诱那些美女吗？钞票，伙计。那才是她们喜欢的。”

“几乎所有的人都喜欢。当今这个年月，幸福就是大把的钞票。你没有，你就只能远远地看热闹。我的话你懂吗？”

“您和巴尔塞罗都是一副缩头缩脑的样子。”

我走进夜总会，几秒钟后眼睛才适应里面暗弱的光线。里面的环境没有多少要说的。灯光。一位漂亮黑姑娘在台子上跳舞。顾客。十几个女子在勾引男人。我隐约看见巴尔塞罗在挨着大厅一侧的吧台前站着。他双手交叉放在腹部，两只眼睛仿佛凝视着既遥远又混沌的天际，一副饱经风霜的样子。我凑过去，用手轻轻拍拍他的肩膀。

“喝点酒，还是找温柔的妞暖暖这冰冷的夜晚？”

“都不是。我是来和你说话的。”

“我们好几个月没见了。不过你放心，在这破地方我的生活依然如故。我不知道为了什么，但我依然固执地活下去。我上午睡觉，午后在这个街区闲逛，然后就往这里走。”

“你眼看着周围这些鲜肉，不腻味吗？”

“鲜肉？”他指着近处的女子问，“应该在阳光下见识她们……”

“喝一杯？我希望和你谈谈，巴尔塞罗。”

“听你的口气，我猜你来不是谈足球或赛马的。什么事？你需要一包药吗？”

“你很清楚，我对魔幻药粉不感兴趣，只对酒精和女人感兴趣，不过也是有节制的。”

“在酒精和女人方面，你从来就没有节制过。不过我们就不斗嘴了。你想谈什么？”

“格里马尔迪镇。”

“我对你说过这个地方，你答应过我永不再触碰这个话题的。”

“听到格里马尔迪镇你就那样痛苦吗？”

“有时候我想，死在烤肉的铁箅子上都会更好些。没有回忆，没有梦魇，没有愧疚。你知道赛马，懂得一匹马折断腿的情景。”

“哈维尔·托罗这个名字你知道吗？”

“你是在逼我回忆。”

“一个人名，仅此而已。”

“对我来说并非仅仅是一个人名，埃雷迪亚。你想象不出在那个地方的遭遇。”

“就是说这个叫托罗的人你并不陌生。”

“凡是在那里被关押过的人都忘不了这个名字。”

“你知道他什么？”

“这是一个假名，这些三头狗[1]都用假名。”

“假名？”

“这是被捕者说的。不管怎么说，我确实不清楚他的情况，因为那里被查封之后，我从未关心过对这些鹰犬的调查。”

“你看见过他吗？”

“没。”

“他或其他什么人你都没有看见过吗？”

“我只记得黑影、吼叫和拷打。请你不要勾起我的回忆。”巴尔塞罗说，“刚才你说了邀请我喝一杯的。”

巴尔塞罗招呼吧台的服务生，向他要了两杯鸡尾酒，酒

1　看守地狱大门的狗。

到手后便急不可耐地喝了起来。

“很遗憾不是很有用。”他说，“镇痛，但不伤神。”

“请原谅我的执着。”

“你为什么对托罗感兴趣？”

“我在调查一个在格里马尔迪镇被关押过的人的死因，曾听人说过这个名字。我想你也许可以提供一些线索，帮我找到他。”

“那个死者有什么特别的吗？”

“我怀疑他们杀害他是因为他在打探过去的事。”

巴尔塞罗喝干杯中酒，目光再次投向服务生。

“我可以再要一杯吗？”

我向那位服务生打了个手势，他又给巴尔塞罗上了一杯酒。

“你调查这个图什么？”他问，“都过去那么久了。”

“杀人凶手在大街上大摇大摆让我心里不快。”

“那你要做的事可多啦，埃雷迪亚。那些杀人凶手和他们的同谋不光在街上大摇大摆行走，他们还在报纸上微笑，摆出一副可令人尊敬的样子。”

“眼下我只关心一个凶手，我觉得你可以帮我找到他。”

“你不该相信我对你说的一切。”

“为什么？”

“就刚才，没多久之前我就对你撒了谎，埃雷迪亚。”

“你知道谁是托罗吗？”

“不知道。不过在一个行刑室里，我曾看到过一个同托罗在一起的人的面孔。我永远忘不掉，数年前，二十年前或者更早些，我又见到了他。那时我在地铁萨尔瓦多站附近的一家夜总会上班，他在两三个官员派头的男人陪伴下进来了。我向一位舞女付了钱，让她打听那家伙的名字。他叫吉列尔莫·苏涅达。”

“后来呢？”

“舞女打听到那家伙在军政府内担任一个小职务。我在一个部里找到他的办公室，很长时间里我一直想当面揭穿他，但我还是没那么做。几个月后，我就再也找不到他了。我去打听他的情况，都说他换了工作，不知道他的新单位。”

“就这些吗？”

“一年前我又遇见了他。当时他坐在阿马斯广场长凳上，气色不好，一副老朽邋遢的模样。他站起身，我便跟着他。他在马约21号街周围转了几圈，最后走进圣安东尼奥街的一家夜总会。”

“然后呢？”

“我还是什么也没做。我出于好奇尾随他，看到他如此落魄，我想他的生命已经到了尽头。”

“我不明白你的话，巴尔塞罗。”

“伤害已经铸成，埃雷迪亚。我可以杀了他，可是一切都已无法回到原先的样子。我看他也只是和一个女子在那里打情骂俏，喝酒而已，后来步履蹒跚地离开。”

“我真的不明白你的话。”我重申，“好像你为能活下来感到自责。”

“我以别人的生命为代价活了下来。我当时实在承受不住痛苦，告发了我的同事。这已无可挽回，埃雷迪亚。我们都有一条生命，而我的已经失去意义。没有什么可以改变我的命运。我希望黑夜赶快结束，顾客和姑娘们都离去，我可以将门关上，在与我无关的舞会的余音中睡去。如果你愿意，就看着我睡，但不要再向我提问。”

15

清晨的阳光从酒吧的门缝透进来，我向巴尔塞罗道别。在下次见面之前，我们两人都没有更多的话可以说了。我们拥抱了几秒钟，然后我走向大街。我在一个街口停下，瞅着那些无精打采的工人和办事员，他们要在办公室或工厂度过八小时或十小时。生活就是这么日复一日地重复。我想在口袋里找香烟，结果只找到几张没等赛马跑到终点就已经废了的赌马彩票。我将彩票扔在地上，继续往前走，来到一家开始接待早上首批顾客的咖啡馆。然而这时我打消了进去喝一杯牛奶咖啡的念头。我更想回家，倒头就睡。我渴望醒来时在一个没有野心家的岛上。我走到艾利亚维卢街时遇到了安塞尔莫。我帮他把报纸和杂志放进报亭里，没有力气进楼，就在他身边坐下，向他要了一支香烟。

“看你这魂不守舍的样子。”这位报亭主人说。

“我瞌睡，酒喝高了。”

“你的年龄已经不适合熬夜了。我这么说是为你好。”

“你已经对我说过多次了，这身体也常让我记起你的话。”

“你快去睡吧，几个小时内就别想着工作了！”

“你觉得生命有意义吗？”我突然问安塞尔莫，“觉得有没有生命都一样吗？”

“早上6点不该问这样的问题。你怎么了？”

“我在想刚和我道别的那位朋友的话。”

“你知道我一天二十四小时都是乐天派。”

“你说得对，这不是早晨6点谈的话题。”我站起身问，“你听说过一个叫吉列尔莫·苏涅达的人吗？他们告诉我他常来这个街区的夜总会。”

“我头一次听说这个名字。”

“如果晚上6点前我没到你这儿，你就去我家叫醒我。晚上我得继续盯梢。”

差二十分钟晚上7点，西默农跳到我胸口上。我将它扒到一边，站起身，走进浴室，从镜子里看到了我的黑眼圈，长长了的胡须和微笑的娃娃脸。我打开水龙头，喝了一点水。我咒骂几声在肚子里折腾的酒精，喝了几口水压一压。西默农爬到水池上，起劲舔水龙头流出的水柱。我拿起香皂在脸上擦抹，用安全剃须刀刮去胡须，冲了一个冷水澡，穿上衣柜里最后一件干净的衬衫。

“埃雷迪亚又活过来了。”我对角落里看着我的西默农说。它一脸严肃，像只石膏做的猫。“你不觉得那像一部电影的名字吗？”

"臭美。"它不等我辩驳便问，"你打算做饭吗？"

"我是打算做饭，可我怀疑冰箱里已经没有东西做了。"我一边往厨房走，一边答道。

在厨房里，我发现一包盐旁边还有一盒金枪鱼罐头和两小包茶。我把罐头打开，倒在一个盘子里。西默农扑上去，三下五除二就给吃光了。"满意吗？"我问它。

西默农舔了舔胡须，向我报以友好的目光。

"猫是唯一能使人性情变得温和的动物。"我想起在我图书室里睡大觉的那些书中的一段话。这是莫塞尔·高斯说的。我并不知道莫塞尔·高斯是谁，但在来这个工作室的几年前我买的《爱猫的人》中引用了他的这段话。

我看了一下表，决定出门。我拿起外套，将门打开。通向电梯的走廊黑黢黢的，邻居家在看体育节目。生活，伟大的生活依旧。我摸了摸外套右口袋里睡大觉的贝雷塔手枪，按下电梯的键。

除了大门一侧警卫室透出泛黄的灯光，货栈内一片死寂。我躲在一棵树后面，靠在树干上，点了一支烟，开始等候，隐隐地希望除了透骨的寒冷，这个夜晚能有些别的事发生。天穹的月亮仿佛触手可及的巨球，云雾有时将其面目掩盖，然后继续飘往他处，对人类的穷苦境遇无动于衷。

"有经验的人都知道夜间监视时是不能抽烟的。"我听到背后有人说。我惊吓之中，右手伸进装着手枪的口袋，打算进行无谓的抵抗。然而，我什么也没做，因为当我摸到枪的同时看到阿蒂略·蒙特贡的面孔从暗处露了出来。

“如果我想那么做，您这会儿已经成为树下的一堆黑影了。”他补充道。

“我接受教训，向您保证。”

“这样最好。躲在身后的并不总是朋友。”

“谁说我们是朋友了？我们只是在调查货栈发生的事时相互帮助罢了。”

“是，这是我们昨天谈好的。也许，如果我向您做些解释……”

“您的解释还是留给需要的人听吧！”我不想继续这话题，“看来我们又要度过一个不眠之夜了。”

“要有耐心！”蒙特贡从外套口袋里掏出一个小酒瓶，“您不想使这种等待变得更惬意些吗？”

“这次我宁愿就这么等下去。”

“您的回答与人家对您的印象不符。”

“恶名传千里。”

“您错过了一杯酒啊，埃雷迪亚。”蒙特贡把酒瓶放到嘴边说。

“您夜间监视货栈为了什么？不会是担心工人们在组织工会吧？”

“我听说保安是工会成员，他的同伙晚上会出现在货栈。”

“秘密集会？夜间工会活动？有人在给您开玩笑，蒙特贡。”

“您不要告诉我怎么做。”侦探说，我的话让他有些不舒服，“我和您一样有经验，甚至比您强。”

“您说得对，我对您那肮脏工作一窍不通。”

“我权当没听见您说的话。”蒙特贡说，然后喝了一口酒。

我们都沉默不语，直到后来看到一辆小货车在货栈前面停下。车的前灯闪了几下，随即保安打开门，小货车开进货栈。

“看来我们今晚还是有运气的。”

“我要是您就不会过于乐观。”

小货车离开了货栈，接下来半个小时，我跟在小货车后面，同时一直从我的雪佛兰后视镜里观察着蒙特贡的车。这位侦探开一辆红色吉普车，车身上撞得瘪一块鼓一块。跟踪到福兰克林街一座大房子前，小货车挨着一棵枝叶稀疏的欧栗树停了下来。车上的人随即将箱子从车厢后部搬下来。东西卸完，一人重新上车，其余的进了大房子。

“我们做什么？”已经走到雪佛兰旁边的蒙特贡问。

“您别说‘我们’了。就在刚刚，这事已经和您无关了。难道您觉得这些小偷是在组织工会？”

“您无法拒绝我的帮助，埃雷迪亚。小货车上有三个家伙，如果我们把屋里的算上，结果可不乐观。”

“如果您想帮助我，您就回去开上吉普，跟上小货车。”

“您不会想进到这座大房子里，对付他们这伙人吧？”

“现在不是当年了，枪对着前方往里冲。现在我是只懒猫。”

“即便他们都在睡觉，他们也占上风。”

“小货车要走了。您正好来得及掉头。”我看着开始启动的小货车说。

蒙特贡做了个无奈的表情，离开雪佛兰。我眼看着他上了车，跟在那辆小货车后面。“这种情况下，有一部手机就好了，”我一边注视着后视镜，一边自言自语道，“有一支冲锋枪、一辆坦克或五六个助手也行啊！”我打开车门，向街的两旁看了看。

我找到一个公用电话，拨通了贝纳莱斯的电话。他在办公室，正要开始当夜的第一回巡逻。我向他讲了货栈盗窃的事。我讲完后，从他的声音中听得出他的情绪越来越高。

16

“工具、煤气装置、涂料、黏合剂、螺母和一些跳蚤市场或小店畅销的商品。你昨晚发现的货栈偷窃事件并非第一次发生。”贝纳莱斯一边往咖啡里加糖一边说。

我们在警察局侦查总部附近的一家咖啡馆里，耳边仿佛依然还能听到在我打电话的几分钟后突然响起的警报声、吼叫声和枪声。贝纳莱斯累了，但他对这次抓捕结果非常满意。

“你帮了我大忙。”他说，“我们尚未得到那些人的全部口供，但他们当中一个叫卡夫拉莱斯的已经开口，根据他说的情况，我们完全可以对该团伙的作案形式有一个概念。他十五岁，在少管所待过。该团伙的头目叫加夫列尔·佩尼亚，有入室行窃和拉皮条的前科。”

“保安是这个团伙的吗？”我想起了卡维略死前发给我的那条短信。

“还不清楚。他说他是在威逼下才与他们合作的，但我敢打赌，他是在撒谎。”

“他们是如何把货弄走，还没让人知道货少了呢？”

“他们有财务主管布尔内斯这个同谋。我已经命人在他家里将他逮捕，这会儿他应该正在坦白呢。卡夫拉莱斯说布尔内斯窜改货物登记册，并负责马上将货位补齐。”

“卡维略短信的意思现在清楚了。他为揭发这些贼而丢了性命。”

“但被抓的人没有一个把他们的偷窃同那位保安扯上关系。如果没有合理的解释，我怀疑不是他们所为。这可是两码事，一个是因偷窃而入狱，而另一个则是谋杀。”

“需要有人以和蔼的口气和他们谈谈。”

“如果你想同被抓的人谈话，请你打消这个念头。”

“你刚才说的，欠我一个大人情。”

“我不能允许你同被抓的人谈话。”

“被抓的人害怕进单人牢房，他们会开口的——如果我们走运。但我想的是另一件事，贝纳莱斯。你能查一下一个叫吉列尔莫·苏涅达的情况吗？”

“他是谁？”

“你查一下档案，也许你会找到满意的答案。”

我辞别贝纳莱斯，驱车回家。街上满是过往车辆，又是轿车，又是巴士，像狩猎夜晚受到惊吓的兔子。我对蒙特贡不能抱太大希望，充其量就是在被抓名单上再添一个名字。这个家伙已经被洗脑，坚持他的关于工会阴谋的论调。货栈的事似乎已经到了尽头，除非贝纳莱斯的审讯出现与卡维略被谋杀有关联的情况。但我不抱多大希望。对一位抛出鱼饵只希望钓到一条难吃的扒皮鱼的渔夫来说，发现偷窃和关于苏涅达的线索，已经是大喜过望了。我已经累了。困得眼皮都睁不开了，应当承认安塞尔莫的话是对的，我的年龄已经不适合熬夜了。然而我对枕头的依恋远不如对我那位单身女人的思念持久。我脑袋刚落到枕头上，便听到电话的持续铃声。是合上眼睡觉，还是拿起话筒，我犹豫了一下。最后还是好奇心胜过了困倦。我拿起话筒，里面传来了格里塞塔的声音。

“出什么事了吗？昨晚我几次给你打电话都没人接。”她先向我问候，告诉我她就要登上去达尔卡韦[1]的大巴，然后问道。

“昨晚在监视一家货栈。”我告诉她说，随后向她讲述抓捕那些毛贼的事。我补充说："谢谢你打电话来，我正需要听到熟悉的声音。”

“事情有那么糟吗？”

“我感觉我一直在瞎忙。”

“你这话不是头一次说了。你得沉住气，来日方长。”

“你放心吧。我会给提醒我沉住气的人打电话的。请你在达尔卡韦的集市上给我买一个甜甜圈，把你最美好的吻带回来。想你。”

“我也想你，埃雷迪亚。沉住气。”

“只要有耐心，最终一切你都会解决的。”

1　智利奇洛埃岛的港口城市。

“你还要我对你说些什么吗?”

“不要去达尔卡韦，登上你赶得上的飞往圣地亚哥的班机。”

“我得把我的工作搞定。”

“这我知道。我这是痴人说梦话。”

“再见，埃雷迪亚!”

“再见，宝贝儿。”我答道，想起我早先读过的雷蒙德·钱德勒小说的名字。我是在郊区旅馆当警卫时读的这部小说，是一位也在那里当警卫的退休警察借给我读的。我那时晚上大部分时间都在读他借给我的小说。

三小时后，我被敲门声弄醒。我不情愿地穿上衣服，穿上鞋子，恨不得将竟敢搅了我好梦的人头打烂。这个时候，就连婊子们也不是独自就是有轮班情人陪着睡得正香呢。我将门打开，仿佛在梦魇中，眼前出现蒙特贡那憔悴的面孔。

“您这个时候来这儿干什么?”我问，有意躲避这位侦探酒气熏天的呼吸。

“我来告诉您我跟踪了小货车上的那个人，同他攀谈了几句。”蒙特贡答道，走进屋来，“他叫贝尔弗洛尔·门德斯，我没费什么劲儿就让他开口了。”

蒙特贡走近写字台前面的椅子，一屁股坐在上面，如同一大口袋土豆。

“您有什么喝的吗?”他斜眼观察工作室，“我需要一杯滋补品提提神。”

我将救急酒瓶从写字台抽屉里拿出来，往纸杯里倒了二指高的威士忌。纸杯是前几天安塞尔莫放在写字台上《简明拉卢斯辞典》和一株仙人掌之间的。仙人掌是一位女顾客送的礼物，答谢我都记不清为她提供了什么服务的礼物。

“您不陪我喝点儿吗？”蒙特贡端起酒杯问。

“早饭前我从不喝酒。”我答道。然后我把贝纳莱斯介入下所发生的情况和盘告诉他，并请他继续讲关于门德斯的情况。

“他曾在货栈工作过一段时间，直到被发现他往家里偷货物。后来他的一位老上司打电话给他。门德斯以为他们会继续让他在货栈工作，然而这位老上司却暗示他去跟加夫列尔·佩尼亚联系。就这样，他便开始参与偷窃活动，直到今天他一直为能属于这个有所作为的团伙而感到乐滋滋。他们在货栈偷窃一年有余，从未受到过威胁。他在坦白中还提到布尔内斯是货栈内重量级人物。”

“这与佩尼亚向警方坦白的一致。很可能这案子到布尔内斯承担罪责就结束了。没人知道他在为谁工作，蒙特贡。我们谁都没有找到我一直在寻找的答案，从我们的侦查中得到好处的可能只有警察。”

“您不要这么断定，埃雷迪亚。我曾向门德斯问起卡维略。一开始他否认认识他，但后来我安抚他几句，他承认他听人说起过他。几天前，佩尼亚告诉他上面对卡维略在货栈查访提的那些问题感到恼火。”

“难道他恼火到找人让这位爱提问题的人永远闭嘴的地步吗？”

“我向门德斯提了同样的问题，而他却没能给我一个恰当的回答。如果您愿意，我们可以和他谈。他是一个有资格进单人牢房的小偷。”

“您把门德斯怎么样了？”

“我把他看得牢牢的。塞上嘴巴，捆得紧紧的。”

“也许交给警察更好。”

“我当时想，首先得等知道您去那个贼窝发生了什么再说。”

“我想您不会抱着针对工会的思路不放的。”

“我都不记得这件事了。我怕很快我就没工作啦。”

“是谁雇您在货栈调查的？”

“索拉雷斯，总经理。”

“至少您可以拿抓捕小偷的事向他交差。”

“然后卷铺盖走人。”

“打发空闲时间的差事有的是。”

“您需要一个合伙人吗？”

“我感谢您的帮助，但我是永远不会与您合伙的。”

“您自认为比我强？”

“不。但很明显我们走的道不同。”

“您的工作室还有一个写字台的位置。”这位侦探说。然后，他起身问：“您书架上的这些书都读过吗？或者就是装饰？”

“大部分我都读了。”

“读这么多书为了什么？”

“人们读书明理。”

“我父亲从不让我用功读书。”蒙特贡一边说，一边向门口走，打算告辞，“直到今天他还常说，书读得过多，虚文太多，头脑会变呆。您说是吗？”

“还有些人认为这样高尚的事业能增强想象力。”

“下次见到父亲我会告诉他的。”

17

尽管我怀疑，尽管它背上的负荷更重，但我还是把赌注压在了赛马丰塔内罗身上，结果还真押中了。在最后一个弯道，这匹马还在第四位，然而进入直道，它便敏捷地冲上去，轻而易举赢得了对手。已经是最后赛跑了，当天的赛事到了这个时候，投注大厅的空气变成了汗气、烟气、含酒精味儿的哈气，浓重成了团状物。我周围的投注者都是这日常悲剧中的人物。他们个个神色疲惫，衣服破旧，目光里透出赌输的清晰痕迹。在这些悲剧人物中间，混迹着卖香烟的毛头小子、和赢了钱的人调情的老妓女。

安塞尔莫在我身边，眼睛盯着反复显示丰塔内罗赢了的那轮比赛的电视画面。我像刚吻过人生中第一个女人的小伙子，兴奋地向他展示我的彩票，而这位报亭老板则做了一个轻蔑的表情，仿佛他每天获得比赌注多五倍的红利是轻而易举的事。

“怎么了，安塞尔莫？我给你说的那匹马你投了吗？”

"很遗憾，我一个子儿也没投。你的预判总是像政客们的微笑一样难以让我深信不疑。"

"友谊何在？"

"友谊是一回事，赌博又是一回事，堂。"

"那现在呢？"

"没有什么好说的，按赌博人的规矩办，谁赢谁付酒钱。"

"你快活了！"

"你对赌马一窍不通，能怪我吗？你总是冷不丁来个预判，能怪我吗？"

"让人心疼的不是我们本该赢的钱，而是缺少友谊。"

"没有悲剧啦，堂！莎士比亚已经把所有可悲的事都写完了。"

"你答应下次按我的预判投注！"

"我答应，堂。"安塞尔莫随口答道，并没有多大诚意。

我们从赌马大厅出来，向中心酒吧走去，那里有十几位老顾客在看一场足球赛。我们先为丰塔内罗赛马干了一杯酒。接下来我们要了烤肉来下酒，以恢复体力。后来，一些智利大学的球迷为马塞洛·萨拉斯的一次进球喝彩。我付了钱，我们去到街区散步，迈着退休人那种沉重的步伐。普恩特大街的吆喝声、叫卖声四起，场面一片喧闹。一位留着长长发辫的妇女在用纸牌算命，两个乡下人穿着的小孩在一位外表邋遢、好像是父亲的家伙的注视下唱兰切拉[1]。我们在马可波罗酒吧喝完最后一杯酒，之后在邮政中心大楼前分手。我目

1　一种西班牙乡土音乐。

送这位老朋友顺着卡特德拉尔街走远，于是点上一支烟，一直抽到我家所在的楼房前。费利斯·多明戈见我走进来，急忙将分信架里的三封信递给我。

“我希望这些信件能给您带来好消息，埃雷迪亚先生。”楼房管理员说道，眼睛看着信封。

“我不期望什么好消息，不是迟到的账单就满足了。”

“今天轮到我值夜班。”费利斯·多明戈一副为难的表情，“我更喜欢值上午或下午的班。这个街区夜里不安稳。”

“不就是光天化日抢劫一家银行嘛。”

“您说这事儿，埃雷迪亚先生。”

“您从没兴趣到这街区的夜总会看一眼吗？”

“从来没有！不必打开罪恶之门。”

“您是在哪家修道院修行的，费利斯·多明戈？”

“请您不要出言不逊，埃雷迪亚先生。”

“有人来问起我吗？”我问他，意在岔开话题。

“没有。不过您倒像您的邻居，埃雷迪亚先生，每次回到楼里都提这个问题。”

“难道这有什么特别吗？”

“我总觉得你们都担心遇到意外麻烦。”

“您是什么时候开始透过现象看本质的？”

“您别生气，埃雷迪亚先生。这就是对经过这儿的人的一种观察。”

“我并不生气，费利斯·多明戈。不过还是不要打探别人的隐私，有的人会拿这事和您急的。”

我打开窗子，观看这座城市，夜间，在月光下一切看起来如湖面般平静。然而这种具有欺骗性的情景逃不过我的眼。它的贫寒，隐藏在犄角旮旯的贫寒我是一清二楚，居住在桥下的人们的痛苦，大杂院里的潮湿，睡在人行道上的人们的醉生梦死，在门廊或檐廊下漫步闲逛、招揽客人的妓女的痛苦，盗贼们那锋利的匕首，在最后一班公交车上无处乞讨流着鼻涕哭泣的孩子们，我都清楚。我熟悉这座城市，我可以随意转个遍，除非累了或突然想喝上一杯。我向天际望去，心想我寻找的凶手就躲在这黑色混合体的某个角落里。也许应该求助神灵。最近几天的工作没有什么进展，没有任何豁然开朗柳暗花明的迹象。我将焦躁不安的心境扔出窗外，伴随着西默农的脚步声，我走进卧室。我躺在床上，打开床头柜上的收音机，闭上眼睛。

第二天早上，我醒来便听到预报天气的男播音员的声音。我把收音机关掉，正要冲澡，听到刺耳的电话铃声。我关上水龙头，光着身子跑到工作室。西默农正在一堆赛马日程宣传册上睡觉。我拿起话筒，随即听出科塔波斯律师的声音。他有从他合伙人那里弄到的情报。我同他约定中午前去他办公室，然后我们相互道别。我重新回到浴室，站在水下，一时间有种沿着一条河的岸边奔跑的感觉。

科塔波斯的办公室既小又暗。仅有的一扇窗户还朝向一个周围是灰色建筑的内院。办公室墙壁上挂着三幅褪了色的戈雅画作复制品和两张大学刑法与劳动法专业文凭。

“调查进行得怎样？”他指了指办公桌一侧的椅子。

“到现在，我还没有发现重要的东西。提问，空洞的回答，货物盗窃，一个接一个的怀疑，如同一连串的气泡。”

“您不要气馁，我这里有一个使您重新振作起来的情况。将赫尔曼同苏阿索联系起来的思路将我们引向了具体的结论。我的同事们就我们正在办理的案件进行研究，其中一起案件他们二人都作为证人被提到了。”

“什么案件？”我感兴趣地问。

“是一起针对布劳略·塞拉诺的控告案。这家伙是格里马尔迪镇的打手。这名字您知道吗？”

“我第一次听说。他是什么人？我在哪里能找到他？”

“1973年他是中尉。他的名字在几起侵犯人权案中出现。他除了在格里马尔迪镇任职，还分管夸特罗阿拉莫斯俘虏营。1980年代初到北方的一个团任职，1985年3月回到圣地亚哥。一个月后死于一次车祸。”

“就是说，这是一条连不上的线索。”我打断律师的话。

“您等会儿再发表议论，埃雷迪亚。”律师说，他停了一下，把办公室桌上的卷宗合上，接着说，“在那起针对塞拉诺的控告案中出现另外两个被告。托罗·帕拉西奥斯和一个叫什么富列托恩的人。另外，有证人证实上面提到的人都是格里马尔迪镇别动队的成员，他们也都参加过罪恶行动。案件中三个军官的名字是维克托·莫尔蒂桑蒂、比森特·塔皮亚和达尼洛·乌里韦。他们都是退伍军人，是国家情报局和国家情报中心的官员。”

“除了托罗，其余名字我都是头一次听到。”

“情报部门官员的名单一向是保密的，上面提到的家伙都用的是假名。然而，为了更有力地推动这起申诉案，请求法庭提出具体的批示，我们提供了这些军官目前的住址。我们知道莫尔蒂桑蒂、塔皮亚和乌里韦的下落。我想他们当中有人可以帮助找到托罗。”

“我可以接触这些情报吗？”

“当然可以。我给您准备了一个名单。”科塔波斯指着办公桌上一堆民事法典旁边的一页纸说。

“这情报可靠吗？”

“我们好不容易才收集到的，在三个月前，他们这些人都住在名单上标明的住址。军方从来都不情愿配合，但是我们有一位国防部官员为内线，如此才得以接触到有密级的资料。然后我们便着手确定这些活着的原军方人士的住处，塔皮亚和乌里韦这两个军官，我们甚至追查到他们工作的地方。”

“我想会有很多麻烦的。”

“的确不是件轻松的事。我们揭穿凶犯的谎言，消除他们隐姓埋名的企图。”

“提到赫尔曼和苏阿索的案件现在进行到什么程度了？”

“处于停顿状态，而且没有重启的可能。赫尔曼生前有望提供对这些所谓清白人起诉的证据。赫尔曼一直在收集有关这些军人身份的资料。我最后和他谈话时，他向我保证他有望证实一个关键性情况。非常不幸，我永远无法知道他指的是什么情况。”

“我一直在对托罗·帕拉西奥斯进行调查。”

“这我知道，可我不晓得您调查到了什么。托罗是一个非常神秘的人。好几位被捕的人在证词中都提到他，可我们从来找不到他的住处。”

“除了您和特兰，还有谁对赫尔曼的工作熟悉的吗？”

“再没有谁知道了。赫尔曼对自己进行的调查守口如瓶。”

“我觉得有一手好牌，却不知怎么出。”

“我的兴趣在找到托罗，而且正如先前对您说的，或许我提到的这些军人知道他在哪里。”

“您怎么能指望他们配合呢？他们都是些鹰犬，而不是随手可以制服的街头无赖。我断定他们不愿意掺和到使他们想起过去的事情。”

“试一下又不会失去什么。”

“会失去我吃饭的家伙。”

“我怀疑您担心的不是这个，埃雷迪亚。我对您做过研究，知道您是块硬骨头。您承接对赫尔曼之死的调查，竟去敲特兰的门，之后又求我复查搁置在办公室里的案件。这一切都证明您老到。”

“如果我脑袋挨了一枪，您别忘了把我送入墓地。”

“您害怕了？”

“很害怕，我眼睛一直睁得大大的，背靠墙。然而最让我不安的是，我现在跑起来不像三十年前那样敏捷了，那时我没设立工作室，而这岁月犹如一株长着无数枝叶的树。”

18

尽管人们都有试图将往事掩埋掉的共同习惯，以及旨在将往事遗忘的种种善意说辞，可这往事依然会从这样一种习惯于表面文章、人为的舞台布景和幕后肮脏交易的社会裂隙中浮现出来。这往事就是一处没有被彻底清洗干净、稍不留意便发出臭味儿的伤口。科塔波斯列出的名单就在写字台上，我看了上面的名字，然后拿起话筒。贝纳莱斯仍在他的办公室，在查阅他手下侦探们的报告。我问他布尔内斯的情况，他告诉我当事人依然不承认他对在巴拉卡莱昂货栈发生的偷盗负有责任。

“他快撑不住了。”他接着说，“他的追随者们的口供使他没有洗脱责任的机会。同时我们仍在寻找偷盗行动中那辆小货车的司机。”

“小货车司机还没有出现吗?”我想起了我同蒙特贡的谈话。

一时间我曾想提起蒙特贡，但我还是在同他见面之前隐去他的名字为好。

“你弄到苏涅达的情况了吗？”我问他，为了把话题岔开。

“又是报告，又是会议，加上一两起新的案件，给我忙的，埃雷迪亚。我没有怨言，但有时真想像你那样自己干自己的，不受制于任何人。”

“今天是你不走运的日子，贝纳莱斯。我希望你再查一查另外几个名字：比森特·塔皮亚、达尼洛·乌里韦和维克托·莫尔蒂桑蒂。”

“这些家伙都是什么人？”

“情报机构的军人。”

“我们单位没有这方面的档案资料。得向特别警务和人权署的同事们求助。”

“你可以试试，正所谓对求助者不相欺，贝纳莱斯。”

“对把屎盆子扣我身上的人或对向上司索取不属于自己职责范围的情报的人也不相欺。”

我花几分钟的时间试图说服他帮助我，后来我意识到石头是不可能变软的。于是我只好道了声再见，就告辞了。

我将科塔波斯提供的名单重新看了一遍，有些不耐烦，将名单丢在了西默农跟前。这只猫嗅了嗅这页纸，对纸上的内容不感兴趣，将纸从身边弄开。

“你应该到大街上去查找这些人。”猫说，同时盯上一只在我头上盘旋的蝇子。

“今天的事我希望你不要多问。货栈的事让我心烦意乱。”

“你想怎么着？难道你等这些家伙来敲你的门，或者他们搬到这栋楼里住，这样你就不用挪动屁股了吗？”

“你说得对，天才。那这三个名字，我们从哪个开始呢？”

“从房产经纪人比森特·塔皮亚开始。他会给你弄一套水龙头没坏的房子。”

“去找塔皮亚有什么更好的理由吗？”

“房地产行业发展不错，这对他来说应该是一笔好生意，我想他不会失掉这笔生意的。也能给他点压力。”

“好主意。有时候你那个所谓聪明猫的称呼还真是名副其实。”

“你要是多听听我的意见，就会少些麻烦。”

科塔波斯提供的名单注明比森特·塔皮亚是位于苏埃西亚街一家房地产经纪所的主人。我驱车来到此处，乘坐镶有镜子的电梯上到十五层，一位女秘书很快告诉我塔皮亚此时在检查佩尼亚洛伦区建的高档房的销售情况。我花了一个小时才来到这个新地址，一路上不是红灯，就是因修环城高速路的工程而设立的路障，不远的将来上环城高速就要收费了。强行实施自由市场经济后，一切都在商业化：高速公路、墓地、医院、学校和大学都商业化，广场的使用、月光、大海的含盐空气都商业化。有一天我经过我住的楼房的大门也要收费。我踩下油门，没好气地改变了车速。

高档房建在一个平整过的山丘侧面。房区很大，四周是草场和长满玫瑰绣球及天竺葵的花园。毫无疑问，最吸引人的是汉瑟尔和格蕾特[1]住的房子。不过我看一眼注明价格的告示，便知道我就连房顶的一片瓦都永远买不起。我将车停在售房处旁边，一进门便看到一位艳丽女子，长着一双多年来我见到的最美丽的蓝眼睛。那双热情的蓝眼睛在堆满目录和文件的办公桌后面看着我。我找塔皮亚，这位女子告诉我他正在向两位顾客展示一座房子。

“他很快就会回来吗?”我问她。

“这要看顾客的兴趣了。”美女答道。她神色略带扫兴，对我衬衫的褶皱打量后，问我是否在找工作。

“不是。我有生意和他谈。”我回答她说。

“如果您想知道行情，可以和我谈。”

“我的模样像能买一幢房子吗?我知道有时候可以招摇撞骗，但时间长了很难不露馅儿的。”

“您这么看问题，我能为您做的就不多了。”

“您可以告诉我在哪儿能找到塔皮亚先生吗?”

“在H房。您走高档房区主干道，看到两株棕榈树，从那儿右拐，行至带铁栅栏的房子便是。房前应该停有塔皮亚先生的绿色越野车。”

“谢谢，如果年轻二十岁，我会约您吃晚饭。”

“有喜欢大龄男子的女士。”

“就是说我有希望啦?”

“一点儿没有。我不属于这些女士之列。”

---

1 《格林童话》中的两兄妹。

根据科塔波斯提供的名单上的信息，塔皮亚五十九岁，大部分岁月是在军界度过的。最初是军校士官生，毕业后在不同的岗位上任职，直到1990年底提前退伍。他1974年至1982年间在军事情报部门履职，后来被派往厄瓜多尔任武官，四年后回国，到士官学校任新兵教官。我就凭这些情况去会这位前军人。售房处的大门是开着的，我轻轻推开门，走进一个大厅。大厅里松散地放置四张乒乓球台。大厅后墙有一个大窗户冲着山脉。我珍惜精心打过蜡的地板，小心翼翼迈了几步。我很快便走到通向厨房的门前，听到从房子另一边传来的声音。我转回大厅，看到一对夫妇，在一位高个儿、清瘦、一头细心打理过的灰发男子陪同下走了过来。

“您先看看这房子，然后我们再谈。”这位高个儿男子对我说，一副不自然的热情。

我走近那面大窗户，从那里观察那对夫妇。女子是金发，三十岁上下，有点儿胖。丈夫看上去年纪大些，黑皮肤，矮个子，肚皮直顶着腰带。男的原本想提问题，然而女的先问，把他的问题给堵了回去。塔皮亚耐心回答，就计划出售房子的特点做精确细致的说明。我试图想象这位房产经纪人穿上军装的模样，却没有成功。十五分钟后，我见他一直在观察这对夫妇，直到他们上了停在绿色越野车前面的一辆轿车为止。

“生意没有做成吗？”我离开窗户几步，问他。

“他们会回来的。那女的对这房子很有兴趣。相比之下，丈夫的疑虑就不重要了。我从业多年，了解这些顾客。”塔皮亚说，走近我，问，“您也对这房子有兴趣吗？我们有两处同样风格和大小的房子。”

“我喜欢这房子，可我得两辈子才能买得起。”

“我们有价格低的房子。”塔皮亚说道，同时在往门口走，“售房处经理也可以给您更详细的资料，供您参考。”

“我不想买房子，塔皮亚先生。我是为寻找托罗和富列托恩，您的两位军方同志来的。”

塔皮亚的目光变成锋利匕首，足以穿透四周的墙壁，我推测如果这位军人决定动武，我想体面离开的可能性很小。

“如果您不认识路，我叫我的保安来送您到门口。”塔皮亚说，同时将门打开，向室外观看。

“您还是不要威胁。我只是想和您谈谈。”

“您说的人我不认识。”塔皮亚接着说，没有恢复接待那对夫妇时的热情语气。

“您应该想到倘若您的办公室因格里马尔迪镇的事被封，会失去顾客，或者您应该想到您为之工作的建筑商们一旦知道您与犯罪有牵连会怎么说。”

“您是什么人，竟来威胁我？”

“同一些高手玩儿的人。”

“您是什么人？”塔皮亚重新问道，口气变得霸道。

“我叫埃雷迪亚，是一位对您的回忆感兴趣的侦探。”

“警察？”

“我在为自己工作。”我答道。这时塔皮亚从上衣口袋掏出手机。“您让您的保安待着别动。您不能揍我或像从前那样让我失踪。我有朋友知道我在什么地方，和谁在一起。”

“我简单明了地告诉您。我曾做情报工作，但我同行刑、拷打没有任何关系。”塔皮亚说。

“您的名字出现在几个曾在格里马尔迪镇集中营的囚犯的证词里。”

“我的双手是干净的。”

“到过地狱的人都不能说不认识火。”

“当时我的工作就是分析有关工会和职业学校的情报。阅读行动单位交上来的材料，撰写向上司递交的报告。”

“您从未关心过那些情报他们是如何收集到的吗？”

“当时我们处于战事之中。我们必须服从命令，做我们的工作。”

“这种说辞我已经听过很多次了，而且总是带有同样令人作呕的怯懦腔调。托罗和富列托恩，我想知道他们二人的情况，其余的，从我这方面讲，就是您和您良心之间的问题了。”

塔皮亚将门关上，在大厅踱了几步。我点上一支烟，让他思量一下。也许他说的是实话，也许不是，但很明显过去的事让他不自在。我走近窗户，观看覆盖部分山脉的云彩。山顶依然布满积雪，一时间我自觉坠入寒冷之中，期待太阳将这坚冰融化，露出通向回城的道路。

“当时我们是分工负责。”我听到塔皮亚说，“每个单位做自己的工作，对别单位的工作则一无所知。政党工作，工会工作，大学工作，公共服务机构工作，教会、居民委员会、体育俱乐部、作家和艺术家团体工作，都是分工进行的。您能想象得到的对政治事件有影响的所有领域都有专门小组负责。每个小组有分析研究人员和行动人员。小组与小组之间的配合由领导负责。”

“您这番说明用意何在?”我打断这位军人的演讲，问道。

“托罗与我不在同一个小组，他是另一个小组的头儿。人们都以敬仰的口吻说起他。他领导一个行动小组，消灭左派革命运动都是他的小组所为。他另有真实姓氏，我从不知晓。我们曾见过几次面，我脱离情报工作之后，就再没有他的消息。我猜想他还在世，但我不知道他栖身何处。”

“富列托恩呢?”

“我听说过他，但从未见过。好像是一位高级别首长的助手，有时会现身格里马尔迪镇集中营。这就是我所知道的全部。我就是整个齿轮上的一根齿，一个接受命令服从命令的角色。我知道，不止一个人由于我的错最终丢了工作，或者坐了牢。但我从未拷打过任何人。”

“您从未拷打过任何人，也许是没有机会，或者您要告诉我您免不了去执行死刑、实施逼供和逮捕行动。您和您的人对此事乐在其中，对你们的罪行加以庆贺，自以为是一场只是你们臆想的战争的英雄。”

“战争中，无论是胜利者一方还是失败者一方，都有牺牲。再说那场战争已是过去的事。今天我想平静地生活。我有妻子，有儿女和一份工作。我绝不愿像我的一些老同事那样对簿公堂。”

“您还活着，而您的对手们很多已经死了。”

“说这些没有用，我不会认同。”

“肯定不会。因为认同就意味着要放弃对实情的掩盖。”

我把香烟丢在大厅光洁的地板上踩扁，“如果我发现您对我说的是谎话，我会再次打扰您渴望的平静的。”

“除非您决定买我一幢房子，否则可能我们永远不会再见面了。”

我在返回工作室的途中想到应当向塔皮亚询问科塔波斯提供名单上的其他几个名字，可又一想，如果真的问了他，那就错了，因为如果塔皮亚认识他们，极有可能会向他们通风报信，要他们提防一位四处倒腾过去那些陈谷子烂芝麻的私人侦探。一小时后我便到了圣地亚哥市中心，到了我的领地上。我把车停在一个停车场，步行到西蒂酒吧，打算喝上一杯，清清同比森特·塔皮亚谈话留在嘴里的苦味儿。

酒吧里没有熟人。我问埃斯克里瓦来过没有，一位服务生告诉我他中午来过，一位叫普埃尔托·佩雷格里诺、喝起啤酒海量的诗人陪同他一起来的。我找张空桌子坐下，要了我习惯喝的伏特加，第一次感到我周围的事物有了意义。

我离开酒吧时已经夜色朦胧，那是朋友们开始相互告别回家，恋人们开始趁夜色相聚的时候。伏特加在我体内打盹，我心里有种荒谬的得意感觉，嘴角露出一丝微笑。终于让塔皮亚承认他自己的过去，承认托罗和富列托恩的存在了。这两个幽灵可能正在圣地亚哥的大街上，以一副道貌岸然的外表招摇撞骗。我任由夜晚的微风携领，顺着普恩特大街步行到艾利亚维卢街。我看见一两个顾客东倒西歪地从拉皮奥赫拉酒吧出来，我径直走过去，对招呼我进酒吧的家伙不屑一顾。安塞尔莫的报亭已经停业，一只狗在报亭周围转悠，寻找合适的地方撒尿。

我正要上电梯，费利斯·多明戈叫住我，好像很生气，过了半天嘴里才冒出一串能听懂的声音。

“出现了坦率讲我无法接受的情况，埃雷迪亚先生。”他说道，情绪激动，有种山雨欲来风满楼的味道。

“什么事，费利斯？”

“费利克斯，带字母x。”楼房管理员更正道，然后先确认他的领带结的位置没有偏，接着说，“是您的一位朋友来找您，我告诉他您不在，他却坚持要在您的工作室等您。”

“这有什么不好吗？我工作室的门通常是开着的，到目前为止，没有一个小偷把我的书和纪念品拿走。这没有什么可大惊小怪的。那些纪念品也就是在我烦闷时翻出来看看，至于书，人们常常会把它比作苍蝇，厌烦还来不及呢。在一个多数人不懂读书，认为堂吉诃德就是比萨连锁店的名字而已的国度里，这一点儿都不奇怪。”

“问题是我曾阻止您的朋友进入您的工作室。”

“怎么样？”

“他便从上衣口袋里掏出左轮手枪对准我的咽喉。”

“那这一定让您很紧张。”

“何止紧张啊，屎尿都吓出来了。”

“怎么办呢？好汉不吃眼前亏啊！”

“您会原谅我，可这事我必须得向楼房管理处报告。”

“那是您的事，费利斯，我对管理处不感兴趣已有多年了。”

“是吗？”楼房管理员琢磨着我的回答，“如果您恳请您的朋友跟我道歉的话，我可以忘掉同楼管处报告的想法。”

“我觉得您做得对。可您还没告诉我冒犯您的这位朋友是谁？”

“他叫阿蒂略·蒙特贡，在您的工作室门口坐了一个多小时了。一个劲儿抽烟，一根儿接一根儿，好像还有一个戴套的小酒瓶。”

“我会同他说的，费利斯·多明戈。”

“谢谢，埃雷迪亚先生。不过请您记住我叫费利克斯，带字母x。”

“Xammar和Xipetotec里的字母x。”

“他们是些什么人？”楼房管理员惊讶地问。

“路易斯·法维奥·哈马（Xammar）是上世纪上半期的诗人，西佩托特克（Xipetotec）是阿兹特克的玉米、春天和献祭的神。”

蒙特贡依然在门口坐着。他两眼闭着，胸腔内传出乳婴吃饱后的细微鼾声。右手上挂着一个戴套的空酒瓶。我轻轻踢了一下他的臀部，他醒了，一脸苦相，活像一只夜间突然被车灯照射的野兔模样。

“起来！”我以命令似的口气对他说，“我给您弄杯咖啡，再好好冲个澡，清爽一下。”

“我边等您边睡觉。”蒙特贡说，同时一只手撑住墙站起身来。

我把门打开，走进工作室。这位侦探脚跟脚随我进来，我指给他一把椅子。随后我进厨房，用水壶烧水。我在等水开，便听到浴室有响声，猜想蒙特贡已决定照我的建议行事。当我过了好一阵回到工作室时，见他已经在梳头，一脸微笑。我把咖啡放在他跟前，在我的扶手椅上坐下，等他品尝咖啡。

“您把那个小货车的司机弄到哪儿去了？”我问他，同时点上一支烟，“直到今天上午，警察还在寻找他。”

“这正是我要跟您说的。”蒙特贡说，“我本想把他放了，但是决定在放之前再和他谈一次。这个决定是正确的，因为当我重新问他关于卡维略的情况时，他告诉我布尔内斯曾想雇一个叫奇托的家伙，让他教训一下那个保安。”

“这个奇托是什么人？”

“我猜想就是那种为几个硬币可以将母亲杀死的主儿。至少这是那个司机听布尔内斯说时留下的印象。”

“您相信他了？”

“我知道他的痛点在哪里，知道如何敲打他。”

“您在哪里放的司机？”

“我没有放。我把他绑在一把椅子上，然后给警察打了电话。”

“他这会儿应该正在享受警察的热情款待呢。”

“他说我们在什么地方能找到这个奇托呢？”

“布尔内斯是唯一能为我们提供这方面情况的人。”

“很不幸，他在警察手里。”

“已经不在警察手里了，埃雷迪亚。他被保释了。”蒙特贡说。他喝口咖啡，接着说：“他被保释对我们有利。就是说我们可以同他谈话。”

“您想怎么着？”

“我想去采访他。不把他同卡维略的死牵扯在一起，他会愿意的。”

“我想布尔内斯没有接受采访的勇气。可能他一直让人陪着。”

“总有他一个人待着的时候。”

“您为什么对此事如此上心呢？”我感到疑惑。

“您忘了一天下午我曾对您说的话吗？我想让您明白我不只是专好打探工会情况的人。”

19

我的卧室窗户前是一个小阳台，几只鸟像玩平衡术一般栖息在阳台的护栏上。我醒来便听到它们的歌唱声。起初我还以为是什么无法辨析的梦中声音，仔细听，才确认这美妙的声音和床头柜上的水杯、石质烟灰缸旁边的夜灯和几乎要倒的一大摞书一样真实。凌晨五点，再有一个小时，这天籁之音就会被街区的嘈杂声淹没掉。大巴车、小轿车、吵闹声、脚步声，整个城市五脏六腑敞开，血流遍地，犹如一头死在道路上的牲畜一般。我将眼睛闭上，想起蒙特贡昨晚留下来过夜，裹着三条毯子，在很不情愿接受这位不速之客的西默农的白眼下睡在工作室里。我起床，尽量不弄出响声，去到蒙特贡睡的角落。取一本曼凯尔[1]的书回到床上，接着上次往下看。“所有对犯罪案件的调查，都会有一堵我们要翻越的墙。我们不知道会看到什么，但是天无绝人之路。”维兰德

1　瑞典著名犯罪推理小说作家。

侦探在我偶尔读到的一页里这样分析道。我专心阅读，几个小时后听到蒙特贡在工作室转悠的脚步声，我这才把书搁在一边。

“有什么计划？”过了一阵子，我问他，同时看着他往自己的早餐咖啡里舀了五勺糖。

“想办法让布尔内斯在他家里接待我们，或者等他走出洞穴。”

“我想布尔内斯是不会给我们开门的。”

“您缺少乐观主义精神，埃雷迪亚。要有乐观主义精神，橱柜里再稍多点儿食物。”

我们想同布尔内斯谈话的意图就如同用一根大头针刺透一块岩石，无果而终。无论是装扮成记者的蒙特贡，还是持有假警察证的我，都未能越过他家铁栅栏半步。通过电话约他也未成功，我们抱着在他出门在外时遇上他的希望，白白浪费了一个上午的时间，在他寓所最近的街口监视着。他既没有离开家，我们也没有看见有人走进他的家。已经过午，我对蒙特贡说该放弃了。由于他要继续监视，我只好祝他好运，便告辞了。

我走到最近的公交车站，坐上一辆大巴去到达尼洛·乌里韦工作的地方，途中重新看了一遍科塔波斯给我的名单。乌里韦的个人简历与比森特·塔皮亚的简历很类似。五十九岁，1991年退役。先是在北方部队服役，1975年至1984年间在情报部门任职。第二任妻子是军队医院的一位护士，他的两个儿子是前妻所生。自从退役后，他一直在巴里罗阿尔托区一家商业中心当保安头儿。

我打算碰碰运气去找乌里韦，只顾顺着消费市场的过道疾步前行，没被店铺里传出的美人鱼歌声，飘溢出的炸鸡味、汉堡味和中国汤味儿所诱惑。就像尤利西斯快到伊萨卡岛的海岸，我下到保安处所在的地下层才松了口气。

我刚要走进保安处，一位个子瘦小、蓄着络腮胡子、留着平头的家伙便拦住我的去路。我向他报了姓名，说是来找乌里韦的。

“找他干什么？”那人以大兵所特有的盛气凌人的腔调问。

“我是警察侦办处的。”我答道，将我的假警察证举到离他鼻子一拃远的地方，“我正在追踪在这个商业中心作案的偷盗团伙。”

这位保安将一个套间门打开，进去，几分钟后转回来，告诉我他的头儿会在他办公室里接待我。乌里韦是位壮汉，中等身材，右面颊有一块明显的红斑，一直延伸到鼻子底部。他身穿黑色套装，翻领上别着退伍军人协会徽章，每只手都戴着引人注目的两枚金戒指。他那敏锐的眼睛将我打量一番，我感觉正面对一只打算将猎物撕碎的猞猁。我抵制他的审视，向他打招呼，尽量使声音果断，有说服力。

“我的助手卡哈莱斯说您是警察侦办处的。”他回复我的招呼后问，“能让我看看您的证件吗？”

他这一问使我感到很突然，我二话没说，将证件放在了这位军人的办公桌上。乌里韦将证件拿起来，研究几秒钟。

“您的证件是假的，您的模样也不像警察。”他把证件还给我，“我不需要向您这位某某先生做任何解释，但是我向您保证我有识别任何假证件的经验。您是什么人，在寻找什么？”

“我在寻找您两位朋友的下落。”我的直觉告诉我他不会提供真实情况，“富列托恩和哈维尔·托罗，您在格里马尔迪镇集中营认识的。”

“您是什么人？”他再次问道，同时站起身来，朝我迈了一步。

“是有人付钱让找到您朋友的人。”

“您为了什么想找到他们？”

“好像您的朋友们欠有良心债。”

“您一准是在为那些口口声声拿人权说事的无赖组织做事。他们问这问那纠缠我已经不是头一次了。但是您和他们一样，在我这儿是浪费时间，我是不会出卖我的人的。”

“这么说您认识富列托恩和托罗。”

“我没说我认识。不过我即便认识，请您相信我也不会告诉您。”

“万一您不知道，我这就告诉您，像您这样的人为所欲为的时代已经过去了。”我抑制着怒火说。

“他们迟早还会请求军人干预的。到那时我们将完成未竟的事业，同那些蔑视我将军的人算账。”

“托罗是格里马尔迪镇集中营行动队的头头之一。”我打断这位军人的威胁，“您曾经在那里，所以应该认识他。”

“我不知道您在说谁。”乌里韦低声说，挨着办公桌坐下，“我只能告诉您要成为格里马尔迪镇集中营行动队成员不是件容易的事。你必须证明有防范能力，人们都羡慕我们，我们常常被选中到一线同敌人战斗。对此我一向感到自豪，面对一个我确实不打算多说的陌生人，我也毫不隐讳。”

“如果您不想和我谈，也许您就得同警察谈。您听说过特别警务大队和人权调查署吗？我那里的一位朋友很想同您谈。”

“您不要威胁我。”乌里韦吼道。在我阻止他之前，他已经按下了他办公桌一侧的按钮。

我听到有脚步声在逼近，随即我便看到卡哈莱斯在两个满脸怒气的大汉陪同下走过来。

“将这个不速之客弄出去，并且断了他再回来的念头！”乌里韦命令他们。

卡哈莱斯和他的一位随从抓住我的胳膊，另一个男子则冲我的下腹打了一拳，疼得我跪在了地上，只好被他们拖出了办公室。我感觉背部挨了一击，我被他们从过道往前拖，几分钟后到了商业中心停车场的一个偏僻角落。我企图抵抗，但没能扭转局面。我想抗议，他们冲我的两肋猛击，我倒在地上，他们又踹了我几脚。他们重新把我拎起来，强迫我朝停车场门口走。太阳光晃眼，我看不见四周。我感觉他们将我抬起来扔进了一个垃圾箱里。比萨残渣和烟头混合物钻进我的鼻孔里。我试图喊叫，结果吞了一嘴脏物。后来我听到保安渐渐远去的脚步声。我闭上眼睛，试图不去想疼痛。

过了几分钟，我感觉有人在推垃圾箱。我到了地面上，睁开眼，一位穿蓝色工作服的男子看着我，表情与其说同情不如说好奇。

“偷东西被抓了吗？”他问。我不知道回答什么好。他架住我的胳肢窝，把我拖到一棵树的树荫下。他从工作服里掏出一个塑料瓶，让我喝了口和上嘴唇流出的血混合在一起的水。

“好像你没有什么部位骨折。我见过比你境况更惨的。”他接着说。

我将瓶子夺过来，喝了个精光。

“你站得起来吗？”这个陌生人问。

“再给我弄点儿水喝，我试试看。”我说。

那人消失不见，不一会儿带着满瓶水转回来。我将脸湿了湿，又喝了一口，同时感到我的大脑又正常了。

“你是什么人？”我问他。

“负责清理垃圾箱的。我看见三个家伙把你从楼里拖出来。你早该知道在商业中心里偷东西可不容易。”

“我不是小偷。我只是进错了办公室。”

“我能为你做些什么吗？”他问，对我的回答不大相信，“我本想多陪你一会儿，可我的主管很快就会来看我是否在工作。”

“你给我叫一辆出租车。”我答道，嘴里一直有血腥味儿，“一辆开得快，又不问这问那的出租车。”

“需要我找一位医生吗？”安塞尔莫自打看见我从出租车下来、踉踉跄跄行至楼口，已经问了五六次。

“你只要把浴池放满水就行。”

安塞尔莫照我说的做，几分钟后我便将遭受摧残的身躯浸入水中，一着热水似乎加剧了疼痛，不过我很快开始感觉到它那修复性的抚摸。肋部和臀部几处紫斑，嘴唇上两处伤口，睾丸持续刺痛。

“感觉好些了吗，堂？”

“睡上几个小时就恢复原状了。”

“还想要点儿什么吗？”

“用一点儿我心爱的药我会感觉舒服的。”

“那我得到急诊药房去一趟。”

“你还在等什么？”

安塞尔莫从浴室出来，十五分钟后转回来，手里拿着一只杯子，里面装一点儿杰克丹尼威士忌。

“酒店只有小瓶。”话里略带办事不利的歉然之意。

“有比没有好，安塞尔莫。不久就是圣诞节了，可能圣诞老人会带一个不大不小的酒瓶来的。”

“现在你能给我说说都发生了什么吗？”

“我找到一个家伙，我的问题惹恼了他。他有几个唯他命令是从的金刚般打手。”

“有点儿像耳聋的狮子吃掉小提琴家的故事。”

“什么耳聋的狮子？什么小提琴家？”

“这是个笑话，堂。一位小提琴家去到热带森林，用他那悦耳的乐曲驯化狮子们。那些畜生听到音乐都服服帖帖的，整个驯化过程进行得顺利，直到一天一头耳聋的狮子把小提琴家给吃了。”

“这笑话太古老啦，安塞尔莫。”

“我这是设法让你打起精神，堂。”

“我的精神没有受到丝毫打击，安塞尔莫。”我喝了一口酒，“你真想让我告诉你我去商业中心的事吗？”

安塞尔莫扶我到卧室，等我在床上躺稳，他便准备回他的报亭去。他离开前，我求他将马勒的第四交响曲放进音响里，然后以不情愿的微笑送他回去。西默农跳到床上，我将它抱在怀里，已经困倦不堪。我睡着了，梦里我在楼道和没有出口的隧道里被追击。寒气逼人，远远听到穿透静谧的滴水声。我感觉走了很久，没有找到出口和滴水的地方。一阵铃声把我震醒，睁开眼发现夜幕已经笼罩卧室，神秘朦胧。又是一阵铃声，这下我辨别出是床头柜上的电话铃声。我拿起话筒，听到叫我名字的声音。

“格里塞塔吗？”我声音断断续续地问。

“怎么了，埃雷迪亚？你好吗？”我听出她感到担心。

“我睡着了。我累了，在床上躺一会儿。”

“你喝多了吗？”

“就一两杯。”我答道，打算不提我在商业中心的败笔，“我想你，要是和你在一起该多好啊！”

“埃雷迪亚，你真的好吗？我记得清楚，你是很少这样说话的。”

“年岁久了再硬的皮子也会变软的。”

“你在骗我。你出什么事了……”

“你的工作顺利吗？”我问她，打断她的话。

“你不要打岔。”

“你工作怎样？”我坚持问道，尽量使我的声音有力量。

“昨天我就到阿乔镇了，今天大多时间都在和镇上的妇女们谈话。这会儿我在膳宿公寓，我要在这里住一两个晚上。从我房间的窗户可以看到几条在向大海深处行驶的船。这景色你会很喜欢的。”

“改天我们一起去奇洛埃岛旅游。我们去特兰基的圣何塞，是一个岛，前几年我曾去寻找一个想逃避良心压力的家伙。”

“我还是觉得你出了什么事。”格里塞塔说。

“调查依旧没有进展，我怀疑我破不了案。”

“就这些吗？”

“我还想到了未来。”

“你什么时候开始为未来担忧了？”

“有运气的话，我会再活二十年。我总在问自己，在这二十年里，我是否有能力干点儿不同的事，或者满足现状，依旧眼瞅着日历一页一页翻过去，为破解这成堆的谜团耗费时光。这种一边听着钟表嘀嗒嘀嗒地转动，眼睛看着写字台台面上的污渍，一边等待顾客们上门的日子我已经过够了。我对别人的不幸境遇已经麻木了，厌倦了重新焕发希望，承受这种日子我已经力不从心，我的身躯已经不像当年敏捷。有些天我的心都碎了，看到镜子里的面容我感到心痛。”

“我觉得你这会儿需要爱抚或让人揪你的耳朵。”

“我想你，希望你在我身边。”

“我们通了这么一会儿的电话，这句话你都说了两遍了。

告诉我你到底怎么了。”

“给我一个吻，给我讲讲你见到的景致。”

我将脑袋枕在枕头上，观察一阵睡在床头的西默农。我试图起来，可疼得很，只好依旧躺下来，怀着梦见格里塞塔描述的风景的愿望睡着了。第二天清晨，安塞尔莫把我叫醒，他好像在我身边已经好一会儿了。我在床上慢慢活动了一下，已经没有昨晚那种剧烈疼痛的感觉了。

“几点了？”我问他。

“吃早餐的时间了，都开始做十一点的饭了。都要打下午五点的钟声了。要不是你的鼾声，我会以为到了无人区。你除了疼痛，好像太缺觉了。”

“安塞尔莫你应该早些叫醒我。”

“干吗？你的工作室门前并没有排成队的顾客在等候。”

“我惦记的不是新顾客。”

“你不会还要去那个商业中心吧？”

“不会马上去。一周挨顿揍足够啦。”

“那个贝纳莱斯警察几次来看你。我把你去商业中心的事告诉了他，他说定会回头来和你面谈。”

“他说他想知道什么了吗？”

“没有。我也没问他。实际上我没和他说几句话。你也知道警察总是让我浑身起鸡皮疙瘩。”

“和警察一样，那些蓝衣保安，以及所有喜欢用拳打棒击来耍威风的人都和警察一样。”

“行啦，堂。”安塞尔莫在卧室踱了几步，“我烧水，给你弄点儿咖啡喝。你是鼓劲儿起来呢，还是让我给你端到床上呢？”

我正要喝第二杯咖啡，贝纳莱斯到了工作室。他显得很疲惫，没吱声就坐在了我写字台前的一把椅子上。安塞尔莫在这位警察背后给我打个手势，趁门还开着，像猎场上的一只狐狸一溜烟离开了。

“安塞尔莫得去照管他的报亭。”我对贝纳莱斯说。

“我觉得我不大招你这位朋友的喜欢。”

“这事在一起说说话就结了。”我抿了一小口咖啡，“上午你来过这里。”

“我上午来过，中午来过。我觉得商业中心的事挺严重。你打算告发吗？”

“如果我告发，他们很可能会指控我偷盗或更严重的事。”

“我并不这么认为，但我现在不会为说服你改变主意而浪费时间。我来是告诉你，你托的事都没办好。首先，关于塔皮亚、乌里韦和莫尔蒂桑蒂，你要调查的这些前军人，没有一个在当下人权犯罪特警署侦办的案件中。至于那个叫什么吉列尔莫·苏涅达的，所有情况都指证他是个有劣迹的主儿。1970年代初在萨尔瓦多·阿连德执政期间，他曾被指控参加过一次对两座高压电线塔的破坏。那时他是祖国自由党成员，那是一个通过各种恐怖行动促使人民联盟政府动荡的极右组织。军事政变后，对他的司法程序也就搁置。苏涅达曾就读于天主教大学法学院，1973年之后在内政部任职。他最后一次公开露面是在1990年代，作为南部选区的市长候选人出现的。他落选了，自此再没有在公众场合露面。我们只知道1996年他在一所私立大学授课。”

“知道他住在什么地方吗？”

“做过一些调查。我们没能找到他的住处。就像人们常说的，好像人间蒸发了一样。”

“你们在他熟人和家人中间打听过吗？”

“打听过，不过不容易。他似乎没有家人，他们找到他的两三个朋友都不愿和他扯上关系。我们也见了一位他在内政部结识的官员，那人明确告诉我们苏涅达曾是一位在军人执政期间为当局开脱罪责而摇旗呐喊的许多公民之一。我说的你懂，就是为那些卑鄙行径进行法律辩解的律师，捏造谎言的记者，扯着嗓门撒谎的官员，摇唇鼓舌的文人，对军人歌功颂德换取奖项或外交职位的平庸作家。”

“谢谢你的情报，贝纳莱斯。起码我知道苏涅达是哪号人了。”

“我还没说完呢。参与货栈偷窃的那个小货车司机出现了。他对我们讲了一些情况，指控布尔内斯是这整个行动的始作俑者，还告诉我们行窃那天他被一个陌生人逮捕，那人对他进行了拷问，并将他扣押在一个地下室里。那个陌生人自称是警察，想获得关于卡维略，一位货栈保安之死的情况。对此，你有什么要说的吗？”

20

我从工作室窗户凝视好一阵街上的情景，接下来好好冲了个澡，将那顿揍的最后痕迹从身上洗掉。之后，我做了早餐，将安塞尔莫每周带来的猫食给西默农取出一份。然后，尽管不很想离开工作室，我还是强打精神，准备去逛逛街，不为别的，就是打发时间，体会一下我依然是这天天迎接我的情景的一部分的感觉。

街上一切都依然是老秩序，如果可以把这些在你我之间抢道前行的小轿车引起的混乱场面称为秩序的话，如果可以把那些步履匆匆、一路左躲右闪的街头小贩和那些酒鬼醉汉为了不再浑身哆嗦、向人乞讨几个硬币买瓶劣质葡萄酒称作秩序的话。我在赛马投注厅门口停住脚步，往里面看了一眼，电子屏幕上十几匹赛马在等候开赛。我很快注意到一个小孩在一家卖二手玩具和旧衣的店铺玻璃窗户前使劲拉他妈妈的袖子。我走近他身边，见他指着一个褪了色的缺少一只胳膊的宇航员。宇航员旁边是一个头发粘在一起的布娃娃和一只肚子没了毛的熊。我想起了那些和我一起在孤儿院度过童年的孩子，感觉内心有种莫名怒火。这小孩是许多应该满足于拥有别的孩子玩旧了的玩具的小孩子中的一个。注定贫苦的孩子，注定走进劣等学校的孩子，最后注定从事低报酬工作的孩子，注定过一种在丛林中勉强活命、过着没有任何意义的生活的孩子。

那个流着鼻涕的小孩拗着要买那个玩具宇航员，妈妈却拉着他的一只手，要他离开玻璃窗。我看了一眼那个玩具和写在支撑着宇航员仅有的一只胳膊的硬纸盒上的价钱。我从上衣口袋里掏出一张面值一千比索的票子递给那个小孩。小孩子眼睛赫然亮了起来，二话没说，跑进店里。母亲把我端详一番，很快将目光垂下。我将门指给她，当那女子去迎接她儿子时，我用眼睛的余光瞟了一下那个玩具宇航员，一时间我似乎看到他笑了。

我继续往前走，一直走到一家冷饮店，进去喝杯啤酒。招待我的服务生不认识姓苏涅达的，也没有回答我问题的意愿。他告诉我他只管往杯子里斟酒，不愿同顾客发生纠葛，更不愿同酒馆的主人有什么麻烦。啤酒才喝一半，小费也省了，我重新回到街上。

接下来三个小时，我连续进了七家旧衣店，两家夜总会，六家酒吧，同几个在大教堂一侧聚会的秘鲁人进行了交谈，同一个在老国会大厦附近卖干货的老太太谈了话。这些人中间没有一个提供有关苏涅达的一丁点儿信息，可是我又不得不聆听考验我耐心的醉汉、舞女、小贩和移民讲述漫无边际的故事。最后，我累了，也有点儿饿了，起身朝埃尔雷耶德尔佩斯卡多餐馆走去，要了一份康吉鳗汤，我那受到虐待的人生信念得到了滋补。

要用餐的时候，我看见蒙特贡进来了。他先把餐馆的每张餐桌扫了一遍，认出我，于是走过来。他很兴奋，而且满身汗，好像进行了一场马拉松赛跑。我给他要了点儿喝的，一杯白酒。

“您的那位报亭朋友告诉我在这儿能找到您。”侦探说明，“好像他看见您进了这家餐馆，不然就是对您日常习惯非常熟悉。我二话没说就按他说的来了。”

“什么事这么心急？有了发现吗？”

“费了老劲儿了，但我还是同那个难以接近的布尔内斯谈了话。”蒙特贡抿了一口酒说，“我本想让他在家里接待我的，结果和您一样没有成功。于是我就在他住的街区转悠，同一些人说话。您知道总有人喜欢关心邻居门后的事。在那里遛狗的一位夫人给了我解决问题的钥匙。每周二和周四布尔内斯都会去他家附近的一个俱乐部，先是同他的教练或俱乐部别的成员打网球，然后洗一个小时的蒸汽浴。非俱乐部成员是很难进入的，不过我弄了一套工装，扮作煤气装修公司的职员。一旦进去事情就好办了。我等他打完球，跟随他到蒸汽浴室。”

“细节您可以省略，蒙特贡。您都和他谈了些什么？”

“他不傻。他起初想跟我耍横，他威胁我，要把我赶出去，但后来还是恢复了理智。我提起卡维略，告诉他除了偷盗可能还要加上谋杀的指控。这使他改变了态度。他说他对卡维略的兴趣仅限于弄清楚这位保安到底要干什么，而那个打手做得过分了。他情愿给我一笔可观的封口费，当我告诉他我只想找到凶手，他决定提供一些线索。”

“您让我刮目相看，蒙特贡。我没想到您有如此大的神通。”

“一个光着身子处在蒸汽中的家伙对自己的话是要思量再三的，特别是在人家用枪对着他的时候。布尔内斯提到一位建议他雇这个打手的律师朋友，他是通过了一个叫什么萨克托的中间人。为了不暴露他的身份，布尔内斯曾用假名打电话给萨克托。”

“萨克托是什么人？”

“我发现他是埃尔博斯克区居民中出了名的恶霸。他有一个酒吧打掩护，从事毒品生意，销赃，销售假币和雇用杀手。据说有警察对他进行庇护，以换取金钱或关于这一带其他恶棍行窃的情报。”

“一个很有创意的家伙！本年度的创业奖应该颁发给他。”

“他说萨克托向他推荐一个什么叫奇托的人，最适合去吓唬卡维略。他还说对奇托的情况一无所知，因为他是通过萨克托与他接触的。这就是我同那位货栈领导谈话的全部情况。俱乐部的两个成员走进蒸汽浴室，布尔内斯开始高喊遭到了袭击。事情变得糟糕起来。我可以逃出蒸汽浴室，可我几乎只有一条浴巾作为遮羞布，要离开俱乐部就不容易了。我是光着身子翻越一堵墙的。幸好我的车离得不远，我在车里找到了几个月前跑步穿的运动服。”

“这会儿布尔内斯应该已经打完电话，萨克托也应该知道了所发生的事。”

“我并不这么认为。我倒觉得布尔内斯只求自保。他会想我们永远都不会找到萨克托的下落。另外，您知道我没法验证他的口供。”

“我们应当同萨克托谈谈。”

“若要招惹他，先得摸清他的底细。我觉得我们不能贸然出现在他的酒吧。先由我向他提些问题，当我们去他那里的条件成熟，我会通知您。”

我看看四周，不知道再说些什么，于是向招待我们的服务生做了个手势，给蒙特贡又要了一杯白酒。

“您这是怎么啦？抽的哪根筋？”侦探忍住笑。

“我得向您道歉。您的身手很好。”

“这意味着自现在起我们是朋友了吗？”

“任何事都得水到渠成，蒙特贡。真正的友谊不能一蹴而就，需要时间和耐心。”

“那您答应会考虑我提出的协作建议。”

“我会的。”我勉强说，“不过别抱任何幻想。”

蒙特贡离开了餐馆，不久我也离开了。我本想继续侦查，可我两腿沉重乏力，不得不在安塞尔莫的报亭那里停了下来。这位报亭老板耐心听我给他详细讲述我走遍这个街区的商店、夜总会和酒吧的情况。之后，我们一起喝他报亭内嗡嗡响的咖啡机所煮的咖啡。疲惫感有所缓解。我朝家走去。我在房间里来回踱步，精神恍惚，不能专心。我翻翻书，从窗户注目社区，逗逗西默农，最后决定继续我的侦探工作。我乘电梯下楼的同时，把科塔波斯提供的名单重新看了一遍。维克托·莫尔蒂桑蒂还没有下落，科塔波斯律师的名单上提到他的情况同我从乌里韦和塔皮亚那儿获得的情况完全相同。莫尔蒂桑蒂退役时是陆军上校，在履历表上注明他在艾森港、科皮亚波、兰卡瓜、纳塔莱斯港服过役，在国家情报局也有短暂的经历。名单上没提他目前的职位，但强调他是洛库罗军人俱乐部的常客，会在那里同其他退役军官聚会。

关于这个俱乐部的一点儿信息我是从报纸上得来的。我知道这是一座为独裁者和他那枯瘦干瘪的妻子所用的法老式大楼。当初建造这幢别墅所花费的数额被曝光，便出现了政治动荡，杰出的帕特里西奥·艾尔文上台，迫使皮诺切特舍弃了这座别墅并将其转为军方财产。一段时间后，那里变成了一处豪华的军官俱乐部。我记得读过一篇描述这处府邸的报道文章。花园、网球场、蒸汽浴室、电影厅、大理石路面、晶体灯具、进口水龙头、精制木质家具和费尽心机编制的安全系统，所有这一切，使得国库大出血，和独裁者及其党羽的行窃行为无异。

我运气好，进入这个军事大楼要比我想来此寻找莫尔蒂桑蒂时想象的更容易。我到达俱乐部，才知道俱乐部的主要大厅这天都被一位陆军上校举办的婚礼所占用。到门口只用说是受邀之人，警卫就让通行。进去后，我将雪佛兰停在一辆丰田旁边，随着男女人流前行，他们个个都衣着讲究，风度翩翩，走向了不同的大厅。几分钟后，我身处一个由野外风景和军事题材的油画装饰的大厅中央。地板在灯光下闪闪发亮。大楼的一侧是通向二楼的大理石楼梯。我周围的一切体现出豪华奢靡得令人生厌的格调。我从楼梯上到二楼大厅，那里摆好举行婚礼的桌子。前后大窗与大厅一样宽，夜间这座灯光灿烂的城市一览无余。我心想独裁者本来梦想在他有生之年看着生活在他的脚下运行，不曾料到老来却官司缠身。

大厅里很快挤满客人。当有人宣布新郎到场，我便决定借机行事。我问一位正在军官聚集的地方为庆祝新人举杯分送香槟酒的服务生，这人压根儿没在意我的问题和提问题的时机，便将大厅一侧的一个过道指给我。我顺着他的指点，走了几分钟，过道照明影影绰绰，就是一个迷宫。我一路发现门与门各不相同，每个门都有闪亮的铜制牌，上面刻有名字。我走了好一阵，正要继续往前走，听到有说话的声音。我警惕地继续前行，来到一个豪华大厅的门前，厅里我隐约看见十几位军官在几张桌子周围坐着。挨着门口有一位穿白色上衣的服务生，服务生身边是一位穿军装的军人，年纪不大，高个儿。他看见我，便向前靠过来，拦住我。

“除非受到长官的邀请，地方人员不得入内。”他说话的语气恭敬，但强硬。

“对不起，好像是走错路了。”我装出迷失方向的样子，“我来参加一个婚礼，在客人中我好像看见了维克托·莫尔蒂桑蒂上校。有人说他到军官厅喝酒去了，于是我就出来找他了。”

不用多想就会发现我的话如同塑料鲨鱼一样假，然而这似乎并没有引起这位军人的介意，他仔细听我说完，只是看了看那位服务生，向他使了个表情，让他过来。

“这位先生找莫尔蒂桑蒂上校。”军人对服务生说。

服务生定睛看了看我，我一下觉得他对年轻军官的引荐有点儿不满。

“莫尔蒂桑蒂上校已经几个月不来这个俱乐部了。”他说，“他已经被禁止进入这个大厅。”

“被禁止？您这话什么意思？”我问。

“我想最好让上校给您解释原因。”

“我觉得还是您说好，不过他不在这里，我还能在什么地方找到他呢？”我感到有些悬，“我曾在他麾下服役，我很想当面问候他。”

“贝尔加拉街，离军事历史博物馆不远的地方有一个士官俱乐部。我每周在那里上两次班，他总在那儿，晚上。”

“士官俱乐部？”

“我保证您在那儿一定能见到莫尔蒂桑蒂上校。”服务生补充说，为了让我明白他不会再对我说什么，他后退几步，回到挨着门的位置。

“您想让我告诉您回大厅的路吗？”担任警卫的军官问。

“我在路上留下了记号。”我回答说，我的声音带有讽刺的意味，“我有回到婚礼厅的办法。”

我回到婚礼厅，观察围着一张张婚宴大桌子的宾客。看上去由新娘父亲出资举办的盛宴上个个都尽情地吃，畅快地饮。新郎新娘一桌一桌轮流同宾客们合影留念。大厅一角有一支乐队在调试乐器，开始奏乐后，宾客们起舞。

一位服务生给了我一杯香槟酒，还未来得及品尝杯中的酒，一个高个儿、黑皮肤、具有军人特征的男子就尽量不被人注意地走到了我身边。

“您是新娘的亲戚，还是新郎的亲戚？”他评估了我的装束，断定我不大可能在婚礼特邀之列。

“都不是。我是路过，被新娘的服装所吸引。”我回答他说，“不过您不用担心，我知道我不属于这个地方，我认识出去的路。”

这位军人无言以对。我把酒杯放在他手里，向远处的新婚夫妇道了再见。

21

我到达那位服务生说的地方时，差不多已经是午夜了。士官俱乐部设在一幢使人联想起共和国大街周围特有的大宅第和别墅样气派的大房子。这个地方没有一小时前我目睹的那种洋溢着的豪华氛围，但其朴素无华的外表使我感到更加舒服和踏实。没有人阻拦我，也没有人问这问那，我走进一个大厅，里面有十几张桌子，围满军人，他们好像在为一个军人升迁或调往另一个城市庆贺。这些军人酒已喝高，都在兴致勃勃地吞食摆在桌上的烤肉。大厅的墙上挂着智利国旗和一幅贝尔纳多·奥希金斯[1]的画像。我继续转悠，走进第二个大厅，看到另外十几张桌子，其中几张桌子围满军人，正趁着酒劲儿开心娱乐。他们谁都没注意我的出现，于是我决定走进第三个大厅，里面是一个由一位身穿白净上衣的服务生照料的小酒吧。吧台后面是一排军人的肖像、军徽和智利

1　智利独立领袖，将智利从西班牙统治下解放出来。

军人庇护神圣女卡门[1]的巨幅画像。

“这是一处私人宅第。”那位服务生看见我朝吧台靠近，说，“只接待军方人员和军方客人。”

“所以我才敢进来。”我不等服务生开腔，“我是来找我的维克托·莫尔蒂桑蒂上校的，我在纳塔莱斯港服役时有幸认识他。我曾去洛库罗军人俱乐部看望他，他的一位同志告诉我来这里，好像我的上校常光顾这里。我知道晚了，但还是希望遇上谁能告诉我到什么地方找他。”

“您应该早说您属于军人之家。”这位服务生说，语气更热情些。

“我只是服过兵役，而且是很久之前的事了。”我撒谎道。

“一日从戎，终生为军人。”服务生肯定地说，然后他擦干一只酒杯，“另外，您运气好。莫尔蒂桑蒂这会儿在伊格纳西奥卡雷拉平托厅。您离开酒吧，顺着过道往右走，一直到最后一个门便是。”

“很长时间没有见到他了。也许正因为此，我不明白我的上校来一个为士官开办的俱乐部做什么？”

“您不知道吗？如果有五分钟的时间，我可以告诉您。”

这位服务生对我说的那个厅是一个备用厅，寒酸脏乱。里面有几张盖着白桌布的桌子，其中两张没有人坐，第三张桌前有一位高个儿男子，胳膊肘撑在桌面上，瘦削，头发花

1 宗教处女在西班牙安达卢西亚非常受欢迎，被视为水手和渔民的保护神。

白，却理得很整齐。他面孔呈醉人的朱砂般颜色，注意力似乎集中在威士忌酒瓶上，人几乎支撑不住了。我走过去，为引起他注意，假装声音沙哑。

“莫尔蒂桑蒂上校吗？”我问他。

“干吗？”这位军人回答，第一次正眼看着我，并不想离开这个像是隐藏他自己想法的洞穴。

“您记得我吗，上校？”

“您怎么就认定我们认识呢？”他眼神有些呆滞，说话舌头有点儿不听使唤。

“您是我在纳塔莱斯港时的指导员。”我打定主意靠撒谎来博得这位军人的信任。

“不记得。不过都一样。您请坐，喝点儿酒。”他指着酒瓶命令道，“想起在纳塔莱斯港骑兵团的那段时光特别亲切。早上冷得要命，不过到晚上，那些妓女却热得很。士兵，您叫什么名字？”

“乌戈·贝拉。”我想起在一次去布宜诺斯艾利斯旅行途中认识的一位从纳塔莱斯港来的诗人的名字。

“我记得坎廷普洛拉·贝拉，还有贝拉·特雷斯·帕帕斯，一个奇洛埃新兵，跑到我的办公室，跟我说士兵锅里要有三个土豆和大量的肉。真的，我先是把他臭骂一顿，后来命他打扫马厩。我曾经管过很多新兵，很难都记得。我永远忘不了的是我在多罗特里奥山的训练和国庆节的阅兵。全国人民都在看我们。”

“我好不容易才找到您，上校。”我打断这位军官的回忆说，“我先去到洛库罗军人俱乐部，那里人告诉我您更喜欢来这里。”

提起洛库罗军人俱乐部，莫尔蒂桑蒂的脸一下沉了下来。

“说我更喜欢来这儿是回避实情、哄骗小孩的说辞。常去那个俱乐部的人大多不理睬我，尽管他们当中一些人曾是我军校时期的同学。”他一边急忙喝一口威士忌，一边说道，“不过他们乐意在那里夸夸其谈，随他们去。我恪守一个军官应该永远真诚的信条。尽管我沉默了这么多年，最终……”

“这么说，他们说的都是真的了，说您在一次关于践踏人权的审讯中做了证词。”

“是真的，所以他们指控我是叛徒。然而，真正令人不屑的是他们那些玷污了军服的人。他们先是躲避我，后来告诉我最好不要再去那个俱乐部，而且有人曾经威胁过我。我孑然一人，的确，不过我心里踏实。我不像那些瞧不起我的可怜虫，他们是杀人犯，是懦夫，是骗子。”

“他们还对我说您过于频繁地来这里。”

“我多喝一两口酒，是我自己的事，碍得着谁？事实上我没有朋友，十年了，没有和我妻子说过一句话。我的两个儿子都不在圣地亚哥，一年顶多见他们一两次面。大儿子，维托克继承我的衣钵，眼下在驻安托法加斯塔部队任职。如果不是因为我的缘故，他们给他穿小鞋，他前程远大。我的另一个儿子，克劳迪奥，学农艺专业，去科伊艾克[1]工作，在那里买了一些地。不过我不知道为什么把这些私房话都说给您听。您是一个陌生人，一个说是我的士兵、一个我不记得以

1　智利伊瓦涅斯将军的艾森大区的首府。

前见过的士兵的人。”

“因为同样的理由您每个晚上都躲避在这块自留地里。”

“再来一瓶酒，士兵。”莫尔蒂桑蒂装作没听见我说的话，按响房间墙壁上的电铃，“我不用说话，他们就给我送来我想要的。按一下铃就行。这里的人，他们都熟悉我，尊重我。”

“您为什么案子提供了证词？”

“我不记得名字和细节，但我记得是一位女大学生的死亡案。他们将她的遗体从一间单人牢房里弄出来，装上一辆汽车，运到圣地亚哥到瓦尔帕莱索公路的什么地方扔掉时我看到的。我将指挥执行这次任务的部队军官的名字提供给了法官。”

“发生这件事时，您在格里马尔迪镇集中营任职。”

“您怎么知道？”莫尔蒂桑蒂问，在醉意迷蒙中隐约看到一束亮光，“为什么对这些如此感兴趣？”

我在吧台旁说过话的服务生走过来，为我解了围。他把新要的一瓶酒放在桌子上，便离开了。直觉告诉我莫尔蒂桑蒂刚才提的问题他已经不记得了。

“我想您在格里马尔迪镇时逮捕过很多人。”

“没逮捕过任何人。”莫尔蒂桑蒂提高嗓门回答，“我的工作是管理，后勤保障。”

我把这位军人的酒杯斟满，等他喝。

“不过您的一些老朋友是那样说的。”我接着他的话茬说。

“他们是谁？”

“比森特·塔皮亚和达尼洛·乌里韦。”

“那些婊子养的在撒谎。”这位军人喝干杯中酒，“您是谁？为什么问我这些问题？是谁派您来同我谈话的？”

“如果您愿意回答这些问题，我们可以做个交换，上校。您的实话换我的实说。”

“请您再喝一杯，告诉我您的实话。”莫尔蒂桑蒂接着说。

“我是私人侦探，我想找到两个曾经在格里马尔迪镇集中营任职的军人：托罗·帕拉西奥斯和富列托恩。其中一个应该是人权积极分子之死的责任人。”

“一起新犯的罪行？”

“有些人从未失去杀人的爱好，上校。请您告诉我，您认识我说的这两个人吗？”

“我认识他们，但我不知道他们的真实姓名。他们是两个魔王，托罗·帕拉西奥斯，人称迈达斯国王，因为他是反左派分子，除此之外，他还喜欢组织抢劫银行和商店，事后嫁祸到被捕者头上。他是拷打在押人最起劲的人之一，在他的领导那里很吃香。领导们同电视或艺术界人士举行的饭局或舞会都有他的份。”

“托罗什么模样？”

“壮实，个儿不高。那时头发染成金黄色。他喜欢武术，出了名的好枪法。”

“您知道他在哪儿吗？”

“就连他是不是还活着我都不知道。”莫尔蒂桑蒂答道，“让人奇怪的是这些年他竟没有服罪。其他一些像他这样的魔王早都进监狱了。”

“也许出国了。”

“不知道。我知道的都是我们在格里马尔迪镇的那些事。

后来每每去军人俱乐部，我从未听说过他。说实话，在那里谁都不提那个地方的往事，至少不会谈论您所感兴趣的那些往事，也从不提名字，除非那些名字出现在某个司法程序或讣告里。”

“关于富列托恩您能告诉我些什么吗？”

“我对他记忆模糊，我怀疑即便面对面我也未必能认出他。他当时瘦削苍白。我是在一位重要军事领导死亡的那个晚上见到的他。他在集中营举行的弥撒仪式上待了十分钟到十五分钟，然后就走了。我再没有见到过他。他并不是常被人提起的人，但我们都知道他在组织内部有影响力。”

“您什么时候听人说过或认识一个叫苏涅达的人吗？”

“他是谁？”

“一个可能知道托罗·帕拉西奥斯下落的人。”我说，然后喝了一小口酒。

莫尔蒂桑蒂沉默不语，一时间我怕他胳膊肘撑着桌子睡着。我又将他的酒杯斟满，这样一来他似乎又精神了。

“我真希望这些往事如同写错的字或衬衫上的污渍能抹去。”

“唯有死亡才能将昔日的回响抹去。”

“但愿如此。有人认为地狱是个强迫人永远记住往事的地方。”莫尔蒂桑蒂好像想要摆脱某种突如其来的痛苦，说道，“塔皮亚和乌里韦指控我参与拷打人是真的吗？”

“不是。我是为激您才这么说的。”

“我从未脏过我的双手。我唯一的罪过就是沉默的时间太长。”

“您在一次案件中做过证。”

“是的，但那是在事情发生很久之后的事。勇敢之举就在于及时说出或做出某事。剩下的不是坦然，就是愧疚。”

“您这会儿怎么回家呢？”我们走到街上时，我问他。我们是最后离开这幢大房子的。我看这位军人走起路来东倒西歪，断定他自己恐怕连最近的街口都走不到。

“您帮我叫辆出租车，剩下的就别管了。”他答道。

“我可以用我的车送您回家。”

“您为我这么做是什么用意？”他用怀疑的口气问，“是想从我这儿套取更多的情报吗？”

“是对您回答我的问题并请我喝酒的报答。”

“很久没有同谁一起喝酒、一醉方休了。我接受您的奉献，另外，我得向您坦白，刚才我并没有把实情全部告诉您。两个月前我曾听最亲近的人说起托罗·帕拉西奥斯的情况。一位曾同他一起工作过的士官告诉我他在公墓，一位曾负责国家情报中心的将军的葬礼上见到了他。他当时看上去模样变化相当大，仪式上尽量远离其他人。”

“这就是说他还活着，而且就在智利。”

“可能是这样。关于像托罗这样的家伙，什么都不能一口断定。”

莫尔蒂桑蒂住在拉蒙卡尼塞尔街一幢古楼里，楼前面是一个公园和一些儿童娱乐设施。我把车停好，帮他从车上下来，从楼梯上到二层。他住的单元很大，明显凌乱。中间一张桌子上放着报纸和几本《黎明》《军队与兵役》杂志。墙上挂着一幅大照片，上面是莫尔蒂桑蒂和两个青年，想必是他的两个儿子。莫尔蒂桑蒂一屁股坐在皮沙发上，伸展双臂，像是要呼吸更多的空气或要把室内所有的物件揽在怀里似的。

“我就住在这儿，和这些一生的破烂在一起。没有女人，从事一个没有意义的职业，还有两个不在身边的儿子。”他说道，声音很低。

我默然地看了看他，踱了几步，审视着室内凌乱的情形。

“您帮我最后一个忙。”莫尔蒂桑蒂命令道，“厨房桌子上有一瓶威士忌，我们喝几口。”

我遵命去到厨房。瓶子里的酒够喝几个小时的。我打开食橱下面的冰箱，将几块冰放进酒瓶旁边的一只杯子里。我回到客厅，把酒递给这位军人。然后，我什么都没说，朝单元门走去。

我驱车回我住的街区途中，想起了我在孤儿院时他们带我去过的奥希金斯公园的椭圆形阅兵场。我当时喜欢颜色鲜艳的军装和走起路来咔咔响的军靴。但是在那军靴的声响和森严的队伍中涌动着我当时无法破解的可疑的东西。

22

我感觉头上压着一块铺路石。床仿佛是旋转木马，不停旋转。我只好躺几分钟，直到我周围的世界恢复原有的秩序。后来我听到有人敲我工作室的门，使我想起雷蒙德·卡佛的一句诗："倘若有人敲我的门，希望是她，鞋尖上带有星状钻石的她。"

我打开门，迎面站着的是满脸通红的科塔波斯，我的愿望消失了。当我邀请这位律师进屋时，我便注意到他刚刚那疲劳的神色消失了。他从容不迫，像是在评估脚下的地面，在室内踱了几分钟，停下来查看我那凌乱的图书。

"一位侦探的书室里拥有这么多诗集干吗？"他问。

"我们诗人的诗总得有人读。"我没好气地答道。

"您做噩梦了，还是没有睡好？"

"一晚上大部分时间都花在了榨取一位嗜酒军人的回忆上。"

"谈话有收获吗？"

“没什么收获，不过您的名单上列出的军人我都见过了。”我将同莫尔蒂桑蒂的谈话如实地讲述了一遍。

“现在我断定托罗·帕拉西奥斯实实在在地活着。”律师听完我的报告后说，“说实话，我对您的这些侦查不抱很大幻想，但您查明的这些情况对我们的确很有用。莫尔蒂桑蒂在一次诉讼案中做过证，这是真的。但是另外两个军官从未被法院传讯过。我们将要求传他们做证，一旦出庭做证，我们就把他们从军人们为了掩盖真相而坚守的沉默中拉出来。”

“您认识吉列尔莫·苏涅达吗？”我打断科塔波斯的设想，“听说他在独裁期间有段时间很风光。”

“我不晓得他是谁。与我们关心的事有联系吗？”

“说不定他能帮我们找到托罗·帕拉西奥斯。”

“我会在我认识的律师中打听他。”科塔波斯说。他在走到靠近窗户朝街观望之后，问：“您对您调查所获得的结果怎么看？”

“若是为了结果，我早就考虑从事别的见效快的行当了。但有某种我说不清楚的东西告诉我赫尔曼之死背后存在一种浑浊阴暗的隐情。这是直觉、嗅觉、随便叫什么觉所感到的。另外，我和几个前军人谈过话。沉默、忘记、隐秘的忠诚，形成一个遵守自身规则的群体，躲避在他们构筑的瞭望塔里监视着他们不信任的民众。”

“所以，要揭露他们犯下的罪行，使正义得到伸张不是件容易的事。我们必须积累证据，直到真相彻底大白于天下。为了推倒这堵掩盖真相的围墙，我们已经花了多年时间。请您凭着直觉走下去，埃雷迪亚。您会走运的，会获得比这一堆不完整的事实更有价值的东西。”科塔波斯看看手表，“请您随时将调查的进展告诉我。”

“接下来的比喻暗示着我要进行的所有斗争。”我大声念诵道，想起这是克里斯蒂安·戈麦斯在贝利亚维斯塔街一个酒吧高声朗诵的诗句，当时我在调查一位神秘的作家，他与一位文学评论家之死有牵连。然后我向西默农挤了一下眼睛，去到厨房准备咖啡。我把咖啡壶灌上水，水还没开，就听到又有人敲门，心想是科塔波斯什么东西忘在了工作室，然而我一开门便认出是比希尼娅·雷耶斯的老脸。

“原谅我不期而至。”她说，同时走进工作室，将一个褪了色的与她的两件式套裙不匹配的帆布包搁在办公桌上。

“我是侦探，不是医生，夫人。您想来就可以来，不用提前半个月预约。我也不会因为听您要告诉我的事情收取费用的。”我没好气地说。

“我可以坐吗？”她指着办公桌前的一把椅子问，“电梯坏了。我只得从楼梯上来。这对我这个年龄来说很吃力，我累坏了。”

“如果您需要了解我工作的进展情况，您完全可以打个电话。”

“我不是为这个来的。我知道如有新的进展，您会打电话告诉我的。是几个笔记本的事。”比希尼娅·雷耶斯指着她放在办公桌上的包说，“这是贝尼尔德三天前寄给我的。”

“贝尼尔德·罗斯吗？”

“是一位小实习生给我送去的。事先她给我打了电话，向我做了一些我不完全懂的说明。笔记本像是日记，贝尼尔德本想让我作为对弟弟的纪念品保存起来。我想您也许有兴趣看。”

我拿起包，将它打开。里面是两本大学练习本。

“这些笔记本您收到时就这样吗？打眼一看就会发现其中一本是缺页的。”我看后问。

“虽然贝尼尔德是这么对我说的，可我好像还是迂腐，我没打开笔记本。我想我没有权利涉足我弟弟的隐私。”

“你在看什么？”西默农在窝里问，它把书架上的书都弄到它周围，成了它的床，“自雷耶斯夫人走后，除了阅读、抽烟和遥望晴空，你没有干别的。”

“我在读赫尔曼·雷耶斯的笔记。第一本都是些少年时的趣闻或故事，对我的工作无用。第二本大部分是他同心理医生会晤的记录，一少部分是关于他对军人进行的调查。这方面有五篇引起我格外的注意。”

“都说了些什么？”

“托罗·帕拉西奥斯隐匿起来并不是为了躲避法律制裁。”

“一。”

“我觉得富列托恩不仅仅是个打手。”

“二。”

“我遇到一个能帮我找到托罗·帕拉西奥斯的人。”

“三。”

“我终于知道托罗·帕拉西奥斯的真名。”

“四。”

“她请求我将关于富列托恩的所有情况都写下来。我一开始拒绝了，可后来……”

“后来什么？”西默农急切地问。

“后来那几页被撕掉了。这使我想起了一次在阿尔玛格罗广场的地摊上买的乔治·斯科巴伦科的小说。我读了两百页，直到发现缺页处正是凶手名字被揭露的地方。”

“你的人生充满小悲剧，埃雷迪亚。”

“又是讽刺。你会感到屁股上被狠踢一脚的滋味的。”

“别急，现在你知道你并非在捕风捉影了。”

“赫尔曼的调查并非只是汇集新闻消息。看来，如果嗅觉没有骗我，他是离火太近，被火烧了身。”

“谁是赫尔曼提到的那个‘她’呢？是贝尼尔德·罗斯吗？”

“如果贝尼尔德不把笔记本交给比希尼娅·雷耶斯，我还不知道笔记本的存在。”

“赫尔曼的姐姐同样不知道。”

我拿起话筒，拨打迪奥尼西奥·特兰的电话，直接问他赫尔曼·雷耶斯在实施调查中是否用过女助手。

“这我不知道。”特兰回答说，“然而，这不能完全排除他没用过女助手。有很多女大学生去文化中心自愿协助工作。”

“您曾对我说过赫尔曼对自己进行的调查是守口如瓶的。”

“这并不意味着他不接受某种帮助。”

“您能给我提供一些名字吗？”

“您得去问那里的姑娘们，尽管我不保证会有积极的结果。在文化中心总有女撰稿人，工作一段时间，然后离开。”

“如果您打听到某个特殊的名字请告诉我。”我恳请特兰。然后我说了再见，挂上电话。

“现在干什么?”西默农问。

“我发现了其中一个笔记本缺页，不过我并不在意，因为赫尔曼是个动摇不定的人，我猜想是他将一些页撕掉的。我不止一次看见他在本子上记什么事，随后又将刚写的那些页给撕掉，丢进纸篓里。”贝尼尔德听了我给她打电话的原因，说道。

“您第一次看到赫尔曼带着这个布包是什么时候?”

“他死的前一天。他带上这个布包是因为他当时计划去图书馆或去他心理医生的诊所。他遇害的那天他没有带。”

“他有女帮手吗？除了您还有别的女人吗?”

“这我就不得而知了。”这位女子答道，然而很快，就以某种怀疑的口气问，“您认为赫尔曼的生活中还有别的女人吗?”

“您不要多心。我是想会不会有什么人能帮助他收集信息。听说有女学生常去文化中心，会不会她们中的某位曾帮助过他。”

“您早说嘛。您知道我爱吃醋。”

“笔记本您读过吗?”

“笔记本早先的内容我知道，不过我想给他姐姐保管最好，因为上面有很多对家人的回忆。”

“最后一个问题，贝尼尔德。您曾请求或建议赫尔曼记笔记吗？”

“赫尔曼总在讲他生活的往事，于是一天我告诉他可以将这些往事记下来，因为这对他梦想撰写的书是有用的。这个建议他很喜欢，于是就开始记笔记了。然而他并非只写往事，如果您看了这些笔记，就知道他还写思想和每日活动的纪实。”

“这算什么线索。”我同贝尼尔德·罗斯通完电话对西默农说道，“不过我明白了，那个‘她’不再是谜了。”

“一条假线索也不至于让你不愉快呀。”

“现在干什么？为夜幕的降临干一杯？”

喝一杯的念头刚萌生就被打消了。我刚要把救急酒瓶从办公桌抽屉里取出来，蒙特贡就像斗牛圈里发现了斗牛士的牛，走进工作室，情绪激动。我勉强向他打了个招呼，并请他喝一口。

“我想我们还是换个地方。”他说，面带一种使我预感不是什么好事的微笑，“我去过萨克托的小酒馆，我觉得有必要去一趟。”

“您什么意思，蒙特贡？”

“同萨克托谈谈，让他告诉我们奇托的下落。有兴趣郊游吗？”

我至少六个月没来何塞米格尔卡雷拉大街了，所以蒙特贡的车子刚从巴罗斯卢科医院前面经过，我便发现这一条大道的面貌变了。切·格瓦拉的纪念碑没了。我记得有老旧砖坯房的地方盖起了单元楼房。洛斯普里西奥内罗摇滚乐队首演的体育场成了一家超级市场，从大街上可以清楚看到滚动式电梯，进进出出的顾客如同无尽的行军蚁一般。

我们的车子从大巴和大卡车之间穿了过去，到达拉西斯特纳街市政府前面，从那里上环城大道。我们像嗅到邻居美味骨头的狗一样继续疾速行驶。

“那家餐馆在格兰阿维尼达街29号附近。”蒙特贡说，打破启程以来保持的沉默，“不很显眼，是一幢砖坯大房子，墙壁已经褪色，十来张餐桌。顾客们用餐的安逸程度萨克托并不关心。餐馆只是为他非法活动打掩护。挨着餐馆，他有一个地下储藏室，他从这一带的扒手们那里买来的赃物都储藏在那里，然后到洛斯莫罗斯街的跳蚤市场销售。谁都知道他是干什么的，但没人敢出头找他的麻烦，包括警察。”

“如果这是给我帮忙，也是帮倒忙，蒙特贡。”

“您带枪了吗？”片刻后，他问道，“我们就要到阿里巴巴的洞穴了。”

餐馆简直不如鼠穴雅致，然而三位围着一张餐桌喝啤酒的顾客并不在意这腌臜环境和招待客人的服务生那凶神恶煞的相貌。柜台后面一位高个儿黑皮肤的男子腆着个大肚子。蒙特贡指了指角落里的一张桌子，服务生走过来招待我们时，我要了一瓶啤酒。那位大肚子男子从柜台后观察我们一阵，马上同那位胳膊肘撑在柜台上抽烟的女人嘀咕起来。

“那个胖子是萨克托，那个宝贝儿应该是这一带的妓女。”

蒙特贡说。

“我们该怎么行事？”

“喝酒，等到餐馆没人时再说。”

一位瘦小伙子走进餐馆，走近柜台，要买一袋茶。萨克托往收款机旁的抽屉里找，取出什么东西迅速递给了小伙子。

“药包。”蒙特贡说道，同时眼睛跟着这个离开餐馆的小伙子，“劣质可卡因或用可卡因废料制的劣质毒品，这个地方的年轻人大部分吸食这种毒品，可没人在捣毁这种黑市交易方面有所作为。”

那胖子手边的电话响了，他急忙接电话。听了几分钟后，他把话筒递给他那位女顾客。片刻交谈后，那女人将话筒放回原处，将一张票子放在柜台上，朝门口走去。

“有人今晚找到快活了。”蒙特贡评论道，紧接着喝了一大口啤酒。

我正等得不耐烦，邻桌的顾客们付了酒钱，个个步履蹒跚、心满意足地离开了酒吧。蒙特贡给我递了个眼色，于是我们抓紧喝干杯中的酒。随后整个行动干脆利落。我走近柜台亮出我的假刑警证件，蒙特贡掏出手枪，对准服务生，命令他将餐馆门关上。

“你们怎么了？你们不知道在同谁打交道吗？”萨克托问，由震惊到愤怒没有太多过渡，“你们会为你们的行为后悔的，笨蛋。”

“我们要问你话。”我回答他说，“我们对你的非法勾当一清二楚，你最好配合。”

“今天不是好日子，钱柜里只有些硬币。”胖子说道，尽量保持镇定。

“你可以留着你的硬币。我们要找的是奇托。”

“我不认识叫这个名字的人。”

“我们达成一个协议吧，萨克托。你告诉我们你的这位朋友住在什么地方，我们就让你留着你一天的收益平安无事。”

“我为什么必须得同你们达成这个协议？我不知道你们他妈的在说什么，笨蛋。”

“此时此刻我的同事们正在审讯布尔内斯，雇你吓唬卡维略的人。他定会彻底坦白，我的同事们也会来找你的。你明白你麻烦有多大，你还需要更清楚的描述吗？”

“妈的，你这个婊子养的，”萨克托吼道，“你这话蒙谁呢？”

“给他点儿厉害瞧瞧。”蒙特贡说。

萨克托试图先下手为强，朝侦探面部突然打过来。蒙特贡狠命一脚将来袭挡住，只是像轰赶一只蝇子一样，朝来犯者看了一眼，几乎不动声色地朝他的下巴就是一拳，紧接着卡住他的脖子，将其脑袋按在了柜台油乎乎的台面上。

“如果你不配合，我可以让你吃很多苦头。”强迫他坐在地板上之后，蒙特贡说。

“您得抓住参与他们买卖的那个混蛋。”萨克托几秒钟后说，“我们常在市中心一家酒吧见面，他把为他做事的酬劳付给我。”

“布尔内斯说他曾通过电话与你接触，用的是假名。”

"撒谎。两年来他在货栈偷的赃物大部分都是我买的。"

"奇托的情况呢？他的真名叫什么？我们在哪儿能找到他？"

"你们有完没完？"萨克托停下来，擦去鼻血，"买通一名警察不会是我第一次，也不会是最后一次。我认识的所有人嗅到一捆钞票的臭味儿都会开心的。"

"我们不是警察，你也没有什么可行贿的。"

"您刚才出示的那个证件？"

"和你的清白无辜一样，是假的。"

蒙特贡放松了对服务生的警惕，走到我的身边。萨克托明白坦白是摆脱被欺辱的唯一选择，便装出一副疲惫的表情，在地板上坐好。

"他叫胡安·卢戈，常在埃尔阿科，卡洛斯巴尔多维诺斯街的一家酒吧。"他少气无力地说。

"您认为他说的是实话吗？"蒙特贡看着胖子，有意将刚才那顿揍再重复一遍。

我正要回答蒙特贡的问话，就看到那个服务生朝我走过来，右手拿着一把折刀。我的反应慢，只听嗖的一声，就在我要挨这一刀时，蒙特贡的左胳膊挡住了刺过来的刀。服务生吃惊地看看我，当他没来得及补一刀时，我就向他的腿上踢了一脚，在他下巴上打了两拳。服务生被打昏在地，我想他得要一阵子才能醒过神来辨认周围的一切。我后退几步，转过身，正冲着萨克托手里的枪。他早已站起身来，面部因愤怒而扭曲。我当时无计可施。我听到一声枪响，萨克托仰面倒下，倒在一篓空酒瓶上，嘴里嘟囔一阵。蒙特贡打得准，从胖子的嘴里冒出浓稠的红色液体。我身边，侦探脱去外套，卷起袖子，查看手臂的刀伤。

“伤口深吗？您感觉怎么样？”我问他。

“缝几针就好了。”

“您救了我两次，蒙特贡。”

“我们计划联手干的时候，您就应该考虑到这一层。”

“也许。”我说道，语气并不确定。

“我们在这儿能做的事不多了。”侦探说。

“我想在叫警察前先把这两个家伙摆放整齐。”我将服务生拖到他老板尸体旁边放下，将萨克托的腰带抽下来，用它将这两个家伙面对面捆起来。服务生也可以同他的头儿说话说到死尸发出浓烈的臭味儿。

“您瞒得了警察吗？我们留下的指纹到处都是。”

“您感觉怎样？”我第二次问蒙特贡，同时在方向盘座位坐好。侦探的脸色苍白，一块血迹从衬衫渗出。

“您想给什么人打个电话吗？给妻子、儿子们或您想在身边的什么人。”

“没什么人。我妻子四年前就离家出走了，我的儿子们不想知道父亲的事。您不要说很抱歉的话，因为那都不是真的。现在我需要的是一位手不发抖的外科大夫。”

“我带您去巴罗斯卢科医院。”

“他们会问我不想回答的问题的。”

“您就说被袭击了，您没能认清歹徒。总有人为此去医院的。他们没有理由不信任他们的话。”

“随您怎么着吧，不过您开快些。”蒙特贡强忍疼痛，“怎么对付卢戈呢？”

“我得先听他要告诉我们什么。”我答道，同时加大油门。

“您不会想独自去跟踪卢戈吧。我知道萨克托说的那个酒馆，我断定任何不速之客去那里都是很危险的。”

“不会的，我老了，玩不起美国西部牛仔那套了。”

我等了三个小时，一位外科大夫将蒙特贡的伤口缝合上。我陪他在医院过了夜，离开医院时，天已经大亮。我将他留在楼道临时搭起的床位上，一边是两位不停地往地板上吐痰的老人，另一边是嚷着肚子疼的姑娘。我觉得又累又饿，可是要找一家喝杯咖啡、吃点儿东西的餐饮店还早。我本应该在街口摊贩那里将就一下，来点奶酪面包、蜜炸果和饼干什么的。我寻思再三，还是觉得那些没诱惑力，于是上了一辆大巴，坐到维加中央市场的一侧，在那里找到一家已经开始营业的餐馆。我要了一盘鸡蛋和一杯咖啡。对我来说，生活重新精彩起来。

23

无线广播在播放新闻，发生在南方海域的沉船事故中，八个乡村孩子死于这次海难，他们是坐船从学校回家的。亚洲地区的气候变化，纽约的时尚趋向，意大利和西班牙的一些足球赛的结果。名词和数字掺杂在一起的报道中，一个进球、失业津贴的增加、一条意大利领带和几个孩子的丧生具有同等价值。我大声咒骂一句，吓到了西默农，它看见我进屋便立马蜷缩在我两腿间。我强忍躺下睡觉的欲望，拿起话筒，拨打贝纳莱斯的手机，拨了三遍才拨通，我告诉他餐馆的事，说向萨克托开枪是出于自卫，为不把蒙特贡牵扯进来，我把打死人的事承担起来。我向他通报了卢戈的事，这位警察答应调动他的人抓捕杀害卡维略的凶手。

“除了萨克托说的情况，还有别的情况可以用来指控卢戈吗？”他问。

“还有布尔内斯要说的话，以及卡维略住的楼房对面那摊贩的证词。另外，凭我的嗅觉，楼房管理员或许可以告诉我们一些关于凶手的情况。直觉告诉我是他给凶手进游泳池门提供的方便。”

“你总是让我感到惊讶，埃雷迪亚。你为什么将案情的结果和盘告诉我呢？换作以前，你大概已经去跟踪卢戈了。为什么改变主意了呢？”

“我想给你提升薪水的机会。”

“我不相信这是真实回答。”

“枪战不像从前那样对我有吸引力了，萨克托的事发生后，我不想看到有更多人死。”

“我觉得这个回答似乎更中肯。”贝纳莱斯说。

我给医院打电话，向一位女秘书询问蒙特贡的情况，她拒绝在电话中讲蒙特贡的情况，不等我辩解就挂了电话。我咒骂这个女人，抑制不住心中的恼怒，朝卧室走去。我梦见被大风裹着乱跑的树，树根往外渗出稠浓的汁液，树叶散落在地上。醒来时我心惊肉跳，仿佛看见了萨克托血淋淋的面孔。我把眼睛闭上，然后重新睁开。是安塞尔莫在我身边，他看着我，神情既担心又好奇。

“你怎么了，堂？你在床上翻来覆去的，在和谁打架吗？”

“我总做刮大风的梦。有必要叫萨拉女士来解一解。”我想起曾与安塞尔莫做过两年夫妻的那位女半仙，说道。

“你甭提她，谁会想伴着噩梦睡觉。”安塞尔莫把带来的报纸放在床上，“你昨晚好像玩得很大。你整整睡了一个上午，堂。”

“昨晚我陪蒙特贡在巴罗斯卢科医院过的。今天我只想休息。”

“看来你休息不成啦，堂。”

“你有什么事，安塞尔莫？”

“你还记得你曾要我在这条街区打听苏涅达的情况吗？”

“记不清了。”

“我没告诉你，我一直在打听他的情况。今天有眉目了。在赛马投注厅我认识一位小伙子，说他认识一个人是这个姓。我就来找你了，我们去见见他。”

这赛马投注厅挤满了投注的人，在研究赛马的日程，核查预赛，就哪匹马可能胜出交换看法。我有自己的事，所以没有注意显示赌注的电视屏幕。我跟着安塞尔莫来到投注厅的一个角落，那里有五个男子共饮藏在一个厚纸袋里的一瓶酒。酒瓶从这个人的手里到另一个人手里周转着，关于赌注的评论声音在提高，好像谁都不看好可能获胜的那些马。在人群中，我们寻找的人好像一尊菩萨坐在那里。他年轻，长长的头发披到肩上，松弛的肌肤在挣脱紧身的黑色衬衫。安塞尔莫走到他身边，友好地向他打了个招呼，并把我介绍给他。

“运气怎样？”我以打招呼的口气问他。

“还好。刚才中了下午的一个三连冠。”他答道，面带眉飞色舞的微笑。

“弄这个就得懂马，或者有运气。”我议论道。

“埃雷迪亚希望找到昨天下午我们说的那个人。”

“那个人是叫苏涅达吗？”我有点儿急不可耐。

“有一次我是听有人这样叫他的。”“菩萨”答道，“听说他是律师。”

“您知道他住在哪儿，或在哪儿工作吗？”

“不知道。不过我在老国会大楼对面的餐馆见过他几次。赌马赢了，我常和朋友们去那家餐馆。我还好几次见他在卡特德拉尔街表演大厅，在教堂对面那幢楼的地下室。”

“我需要您描述他一下。”我补充道。

“他是一个奔六十岁的男子，头发花白，消瘦，面部发红。常来赛马投注厅投上几注。好搬弄是非的人说他是在寻求小孩子们的那种新鲜劲儿。”

“我猜想他没有来赛马投注厅的固定时间表。”

“他常下午来，有时候待到整个日程最后一次赛跑。我能说的就这些。我感兴趣的是马，而不是来赌博的那些家伙。”

“说到赌博，您对下一场赛有什么好的预测吗？”

“这个我不能帮您，朋友。一个家伙就因为我建议他投注的那匹马输了，要用匕首刺我。自此我不向人提供信息，不与人分享我的预判。我也不借给人钱，不代人投注。”

“我觉得我们应该继续我们的预判。”我对专心谈话的安塞尔莫说。

“什么都不如自己心里的预判靠谱，堂。”

“你这个年龄，应该知道在女人和赛马方面千万不要任凭自己的心被牵着走。”

“菩萨”听到我的话满意地微笑了一下，马上开始阅读一只胖乎乎的大手拿着的赛马日程。

“我们投还是不投？”安塞尔莫显得着急了。

“你的心是怎么说的？”

走廊尽头演出厅的霓虹灯闪耀，混合在那些电子器件、手表、劣质首饰和影像产品店铺的广告中。我走到简陋房间门口，一个面目丑陋的家伙观察着我。我向他付了门票，那人在估摸他有没有可能把我的钱包或兴致偷走。进到里面，一种潮湿、环境除臭剂和抽烟的烟气混合味儿扑鼻而来。我等到我的眼睛适应这种黑暗后，往前走到一个角落，可以目视整个大厅。舞台上一位高个儿肥胖的黑皮肤女子在舞蹈。她的舞蹈动作十分性感，好似一台压路机在移动，除了一位靠在舞台周围的窄柜子上的干瘦男子，其余的观众没一个注意她的舞步。客人们喝着啤酒，同那些女人说话，她们如同随时向走神的海滨游客发起进攻的鲨鱼，在男人中间乱窜。我点燃一支香烟，朝四周看了一眼，希望看到一张熟悉的面孔，却不走运。客人们个个都像劣等电影里的群众演员。一位女子走过来，将她的胸脯压在我的前胸。她头戴一顶得克萨斯帽，身穿一条皮制超短裙，脚蹬一双靴子，靴筒直到膝盖，嘴唇涂抹一种鲜红的口红。从她那飘忽的眼神，我推测她已经同顾客一起喝了太多的酒。她试图吻我，当我把她推开时，她做了个凸显她面部粗鲁模样的表情。

“你会请我喝点儿吗？你想让我做点儿好玩的事吗？”她反复说着这天说过太多次的邀请。

"我在等一个朋友。"我告诉她，没有理会她的邀请。

"你找错地方了。来这里只有找女人。"

"我找一个朋友是为了和他说话。"我确切地说。

"这里很多男的来。"这位女子说道，神情疑惑。

"你帮助我的话可以挣到一些钞票。"

"我的生活麻烦很多，就当我再为自己买一些麻烦。如果说我在这种地方学会什么的话，那就是守口如瓶。"

"凡是你告诉的事情就限于我们之间。"

"你请我喝一杯吗？"

我勉强答应。女酒鬼从我身边离开，几分钟后，手里端着塑料杯转回来。

"你的朋友他叫什么名字？"她小声问。

"苏涅达。"我将那位律师的外貌向她描述了一番。

"我不记得谁叫这个名字。"

"也许你的同伴认识他。"

"有可能。我向她们打听你的朋友有什么好处？"

"给你五千比索，另外五千比索给知道我这位朋友相关情况的女子。这要比你在这舞台上舞蹈一整天挣得多。"

女子没有说什么就走开了。我见她同另外几位舞女交谈，五分钟后，同一位身穿微型白色比基尼式游泳衣的矮瘦女子一起转回来。

"达利拉认识你的朋友。"穿靴子的女子说。

"是位每周来这儿一两次的律师。来这儿喝些酒，有时候还去单间。"

"他对你说过他的名字吗？"

“没有说过。不过有一次同他来的一位朋友称呼他的姓来着。”

“苏涅达吗？”

“他一来就找我陪他。他说我使他回想起他青年时的一个相好。”

“他有固定的日子来看你吗？”

“没有，尽管大多是星期一。”

“他从没带你到过别的地方吗？去一家餐馆？去他家？”

“从没有。不过和我在一起，他出手大方。”

“他再来时你可以给我打电话吗？”

“我这样做有好处吗？”

“和这张钞票一样的钞票。”我对她说，同时递给她一张五千比索的票子。

“与失去一位好顾客比，这少了点儿。”

“谁说你会失去他的？”

“任何一个男人来这儿找另外一个男人，不只是为了抽支香烟。”

这座城市的一些地方从不变样。房舍、人行道、名字稀奇古怪的小巷、街口、宏伟高大的建筑——这些高大建筑以它那绝对优势的钢筋水泥框架影响着景观格局——对面保持不变的长满百年树木的广场。不被人注意的酒吧或餐馆，里面的顾客似乎总是那些，他们对一张摇晃不稳的餐桌忠贞不渝，对推销一种已经不存在的饮料广告上的金发女郎不离不弃，对腋下夹着餐巾逐渐变老的服务生忠贞不贰，对弄脏台布的浊酒，尤其对犹如寻找逃生方向的飞蛾回旋在这些餐桌间的记忆更是耿怀于心。孔格雷索餐馆就是这么个地方，离我住的单元楼没隔几个街口，在阿马斯广场和旧议会大楼附近。最近几年它的名字几经更换，不过我依然和第一次进它的门时一样，称呼它孔格雷索餐馆。那还是1970年代末，我们为庆贺通过一门课程而举办了派对。后来一次就是我胳膊肘撑在一张桌子上的那次，在一位大学老同学的陪伴下，一个下午，趁着酒兴，我们聊着那些趣闻逸事，带领我们追随无法从记忆中抹去的往事中那些令人兴奋的蛛丝马迹。

我在一张桌子旁坐下，从那里我对餐馆缓慢运作的状态一目了然，我让走过来招待我的服务生上一杯皮斯科酒。当他在小本子上记下我要的酒时，我向他问起吉列尔莫·苏涅达。这个名字他没有印象，然而当我向他描述这位律师的相貌特征时，他随即想起这人是他们的一位常客。

“他经常下午或晚上来。”服务生说。

“每天吗？”

“有几周是天天来，有几周是一周来一两次。当每周来一两次时，他总说是出门旅游了，不过我猜他之所以不来是缺钱的缘故。作为律师，他应当过得更好些。不过，说到底，我算老几，评论别人。客人们说的都是实在话，幽默，有趣儿。他们的话我都是左耳朵进右耳朵出。”

“您的处世哲学很特别，朋友。您知道这位律师他住在哪儿吗？”

“不知道。这里是人走茶凉。”

“也许下次我会走运的。我会再来的。”

“他再来时，我会告诉他您想见他。”

“谢谢。不过我情愿我们见面时给他一个惊喜。”

我重新来到这家餐馆是晚上，然而好运依然那么难交，就像身着十分性感的开领服装，预示春天即将来临的沿街行走的女子的微笑一样难逢。苏涅达没有现身，在接下来的两个夜晚我去演出厅，只有那个矮胖的舞女依旧戴着那顶得克萨斯帽，向她的那些临时伴侣卖弄风情。依然不走运，苏涅达似乎隐匿起来了。我等待期间唯一的收获就是服务生的友谊，他一有空，就谈论足球，或者谈论参众议员候选人，谈论城市满大街都是他们的宣传广告，他们个个都如同一些准备开始会餐的鬣狗一样，一脸心满意足的微笑。到处是他们的微笑，到处是谈论贫困和不平等的言辞，同时从他们腰包里流出数不清的钞票来支付推销他们自己如同推销新产品一样的广告费。这个话题似乎使服务生感兴趣，一有机会，找个话茬发泄一番他对那些政客发表的政见缺少公平的愤怒，或对那位在圣地亚哥市中心分发玉米花、相信人们的选票会为一把糖果而改变的候选人的愤怒。我一边听他说，时而装作同意他说法的样子，而我的心在门口。我还利用服务生的友谊，借用他的电话，第三、第四次给医院打电话，阿蒂略·蒙特贡已经出院，我打电话到他家里，他告诉我伤口比起初想象的要轻。他自告奋勇要陪伴我，做我的保卫，我为说服他继续休息恢复体力，花了好几分钟。

我内心一直有一个声音在悄悄叮嘱我不会白等的，和其他几次一样，要有猫在树林黑暗处的猎人等候猎物的耐心。第四个晚上一开始就有了收获，当时我在喝一杯红酒，看着电视新闻评论竞选团队的人进行的选举民意测验结果。我刚把一支香烟在我手边烟缸里掐灭，就看到一个人走进来，我一眼就知道是苏涅达。服务生走近我的桌子证实了我的直觉，我低声告诉他保持沉默，不要使这位律师对我的出现产生警惕。

他在一张有两个穿灰色衣服的男子在吃饭的桌子旁坐下。律师比我想象的要更高更瘦。他颌骨突出，微笑时面皮显现出褶皱。似乎这些年他麻烦不断，虽然衣着整齐体面，可我的直觉感到他属于日子过得不平静的人。

“您不想同您的朋友谈谈?”服务生从厨房到餐厅经过我餐桌前时问。

“我要等到他一个人时，给他一个致命的惊讶。”

“等待时间可能比较长。”服务生摇了下脑袋，让我明白他不懂我的行为。

在进行调查时，要耐得住性子，这不是第一次了。我记得有一年夏天天气炎热，晚上我大多去一家电影院看电影。电影院附近有人杀害了三个女子。当时我对凶手会重新回到案发地点的判断并没有把握，但我执着地坚守这种可能，直到一天晚上我看到一个男子从包厢出来，跟在一位独自看完奥逊·威尔斯的电影《邪恶之触》的女子后面。我跟踪他们，等到男子出手，便对其实施抓捕。

苏涅达仍然在精神饱满地谈话，与我预想的相反，他的同桌并没有用完餐就走。他们要了一瓶甘蔗酒和几瓶可口可乐，一直喝到服务生把所有餐桌都收拾一遍，表示餐馆到打烊的时间为止。刚凌晨两点，我同瞌睡和上床睡觉的欲望斗争了半小时。这位律师和他的朋友们离开了餐馆，我跟着他们，直到普恩特大街的入口，他们彼此告别。苏涅达穿过阿马斯广场，我如同一条悄无声息的蛇跟在他后面。我看到从波塔尔埃尔南德斯孔查街的一个拐角处出现两个妓女和几个寻找过夜地方的孩子。孩子们将苏涅达围起来，几分钟后，这位律师在一个身穿褪色的蓝T恤的小孩陪伴下进了门廊。我加快脚步，看见他进了通向位于门廊上方的房间的门。我从一个青铜色楼梯上去，跟着苏涅达直到三层。我在楼梯平台上停住脚步，一边喘息，一边看见他进了一个单元房间。我握住上衣口袋里的手枪，五分钟后，继续实施我刚筹划好的计划。

我没费很大劲儿就把门打开，而且没有人看见我用右肩推开门。我手里端着枪走进一个房间，里面有一个简单的起居布置，墙上挂有两个放书的隔板和十来幅画。我向前迈了几步，没有改正我的坏毛病，走进有电视声音的房间。苏涅达和那个小孩靠在一张床上。律师没穿鞋，光着身子。他们二人谁都没注意到门的动静，全神贯注于床对面的电视机里的节目。苏涅达试图折起身子，但没能够。我的拳头很快，饱含愤怒和蔑视的拳头落在他的面部。他的脑袋磕在床头上，我想他回过神来得几分钟。小伙子站起身，看着我，神色胆怯。

“别紧张，不干你的事。”我告诉他，意在稳住他。

小孩跳上床，我一把没有拉住，他便越过苏涅达，如同野猫一样敏捷地逃离房间。我想象他能顺楼梯往下跑，可我心想他能否逃脱流落街头的命运就不知道了。我在床前坐下，电视屏幕上出现一个开心承受一根大棒冲击的金发女子。她的喘息很快便让我感到厌烦，于是我便将电视机关掉。我点上一支香烟，走近朝向阿马斯广场的窗户，等待律师醒过来。广场显得空旷，与这座城市秘密跳动的脉搏格格不入。

24

“警察吗?”他从地板上拾起衬衫，穿在身上，扣上扣子，“不是，显然不是，是警察就不会单独行动。您也不像是新手，竟不知道非法闯入私人住宅会有多大麻烦。”

“您就别装蒜啦！苏涅达。您和我都知道我们谁都没资格威胁谁。”

“这事我们私了。我给您些钱，您回自己家去，忘掉看到的事。”

苏涅达言语神色慌乱，我在想是不是酒精在作怪，还是因为他遇到了这个场面或是床边的一张白纸。他的话除了进攻性，还透出紧张和不安。我的沉默和对准他胸膛的霸气的手枪一样使他心神不宁。

“那小伙子呢?”他低声问。

“逃了，但我怀疑他无法逃得了和您一样可耻的家伙的魔掌。”我一直用枪对着他，“我警局里的朋友知道您这不为人知的癖好会很高兴的。好色，吸毒，悬挂在随便哪个恶徒展示馆都是一幅亮丽的画卷。”

“您是谁？”苏涅达追问道，“封口费您要多少？”

“您不用操心我的封口费。如果您与我合作，我会守口如瓶的。我需要找到一个隐匿中的军人，哈维尔·托罗·帕拉西奥斯是他使用过的一个名字。您不要告诉我您不认识他。我知道你们是朋友，时常聚会。我还清楚您的过去，清楚您1970年代的法律麻烦，以及您后来与独裁政权的合作。总之，您不要指望堂堂正正地脱离您眼下的处境，我有的是手段制服您。”

“您干吗希望找到托罗？”苏涅达开始毫无把握的试探。

“我想清算他的罪责，让他坐一段时间的牢。”

“您翻腾陈年旧账有什么意义吗？还是您挖出一根骨头，他们就付给您一笔钱？”

“注意您的用词。我的脾气不好，没有耐心。再者，您抱大人物粗腿的时代已经过去。今天您只是一个混迹于流氓阶层来满足您堕落生活的讼棍而已。”

“您这些愚蠢语言从何说起？”

“我认识的人说看见您在那些巷子里低三下四地混。我也在那些不三不四的人出入的地方侦查过。”

“您真认为我可能会牵涉进什么犯罪行动吗？”

“我可以让您一个时期内不好过，请您相信。但我更大的心愿是找到托罗，让他为自己的行为负责。”

“我不否认我认识他，但我是永远不会将他的任何事情告诉您的。”

“你们是在格里马尔迪镇认识的吗？”

“我没有回答您问题的理由。”

“我手枪里有六个让您回答的理由。另外，我肯定能找到您所犯的罪行来起诉您的，苏涅达。”

“如果您开枪，也许是帮了我忙。”律师以几分屈从的口气说，“我曾在内政部工作，整理我们手中关于被安全部门逮捕的马克思主义者的情报。经常有国际机构或司法部门的信函寄到内政部，询问被抓人士的情况。我的工作就是回复他们，为此我需要知道被捕的人是否会得到自由，如果需要，还会断然否认他们被抓一说。”

“我在什么地方能找到您的朋友？”我坚持问。

“我可以告诉您一些我过去的事，但我是不会出卖托罗的。”

“我对您说了我有耐心。我也知道再有几个小时您就需要点喝的，或者一点可卡因。”

“出去！您让我受够了！”

“时间在流逝，苏涅达。”我说道，声音很低。

律师的面部表情变得僵硬，紧接着开始大笑起来，似带有嘲讽的意味。我突然朝他的下巴打了一拳。他闭上了眼睛，身体慢慢滑动，直到躺在了床上。我将他的腰带抽下来，把他的双手在背后绑起来，把人面朝下放好。然后我拿起电视机旁的电话，给蒙特贡打电话。

“您怎么样？能帮我一把吗？”我把找到律师的详细经过告诉他之后问道，“我需要您帮我看住苏涅达，直到他告诉我们如何找到托罗的下落。”

“您让我和他单独待半个小时。”

“您不能不停地揍他。得让他有时间概念，有犯酒瘾的感觉。让他待在黑暗静谧的地方。让他思量他的过去，让他回想。每过一个时辰就勾起他对威士忌或冰镇啤酒的馋念。我保证他会忍不住的。”

蒙特贡天亮时来替我。他顺利来到房间，没有引起楼房看守的注意。苏涅达的陋室所在楼层是挂着按摩室招牌的妓院，有几个单元用作阿马斯广场附近流动妓女们的地下妓院。还有一些单元是由一些时刻当心妨碍别人的人租住或居住。

侦探蒙特贡乐得能够帮我看守苏涅达，但是他的热情和他第一眼看律师苏涅达的方式倒使我怀疑将他们单独留在房间内是否合适。然而这种疑虑只是一闪念。如果侦探将这个讼棍的脊椎给打断，对我来说也无关紧要。苏涅达是一根难啃的骨头，他知道我们至少是两个希望他说话的人，这一点他可以用来评估保持沉默的作用。

来到大街上，吸了一口凝聚在树叶上的气息，我只要闭上双眼便能想象得到这座城市那愤怒的声音、激昂的情绪，从这座城市喷溅出来的鲜血把我作为一名执着的见证人接待，我目睹生命从它体内孕育。我在一个报亭前停下脚步，阅读日报的标题。政治家依然在兜售他们的竞选口号。麦哲伦队已经进入足球冠军决赛。我看看广场，看看朝地铁口或向附近街道行走的人们。生活依然如故，与我的辛劳与疲惫不相干。我走进海地咖啡馆，喝杯咖啡，赶紧抄近道到我的工作室。

“老鼠已经在笼子里，只等他开口了。”我对西默农说，同时在它的食缸里放上它的早餐和它常常喝起来像贝都因人那般起劲的水。它总喜欢站在水龙头喷出的水柱下面喝水，弄得每月自来水费要比预期的多。

“然后呢？”

“我将继续在别的洞穴里寻找老鼠。”

“然后呢？”

“其乐无穷。”我一边往卧室走，一边答道。

我醒来已经过了中午。我冲了澡，后来正当我打算煎和西默农共享的牛排时，贝纳莱斯警察来了，带来一箱啤酒，匆忙搁在了办公桌上。我把肉煎好，切成小块儿，放到猫的跟前。

“一个吃，另两个看。实在不够意思，可鉴于牛排个儿不够大，也只能如此。”

“我们可以订些馅饼、比萨或几份中国餐。”

“又是啤酒，又是比萨饼，又是中国餐。莫不是你抢了银行不成？”

“我们有理由庆贺一下。多亏你提供的情报，我们找到卢戈的下落。制伏他还真不是一件容易的事。他向我们开枪拒捕，直到我们击中他两颗子弹，枪战才结束。他伤得不重。他得活下来坦白他所犯下的谋杀罪行。我以为卡维略的案子就算结了。”

“只是好奇，敢问卢戈他的头发是花白的吗？”

“白如雪。你怎么问这个？”

“我好像对你说过一位街头小贩曾看见一个白头发男子从卡维略丧命的楼里走出来。”

我从房间里出来，撇下贝纳莱斯睡午觉。这人啤酒可劲儿喝，比萨饼可劲儿吃，像个学生似的，怪不得会睡着。太阳光很毒，我走到阿马斯广场，看到一些人躲在树下和餐馆的遮阳篷下。这么多人聚集在广场实在让我感到吃惊。老年人、恋人、秘鲁移民、布道士、幽默家和仰望天空寻找点滴希望的失业者们。生活在沿其齿轮转动，而人们死死地抓着生活。

我想起了蒙特贡，因自己晚到苏涅达家而感到些许内疚。我走进波塔尔埃尔南德斯孔查街一家餐馆，给他买了一份牛肉三明治和两瓶啤酒。侦探并没有因我的迟到有丝毫责怪之意。他一口气喝了一瓶啤酒，接着狼吞虎咽地把三明治给吃掉，一边看着律师在看的一部接近尾声的电影。

“我总算见识了什么叫不择手段。”他同时指着电视屏幕说，“一旦变坏，就没了界限。”

“说到堕落，这家主人怎样了？”

“一个小时前睡着了。吼叫，胡说八道，威胁，就是不交代事情。我不得不将他嘴给塞住，否则他会引起左邻右舍的注意的。”

“有人来问过他吗？”

“没有。也没有人给他打电话。”

我在房间里踱几步，点上一支香烟。街上传来卖报的和叫卖的声音，还有赌博的吼叫声。

“贝纳莱斯去工作室看我。他抓到了卢戈，结束了对卡维略之死的侦查。我将为找到那个枪手的下落所做的一切都告诉了他。”我很快注意到蒙特贡的眼睛有了困意，“您出去转转，晚些回来。我知道怎么控制苏涅达。”

卧室光线已经昏暗，我看到床上缩成一团的躯体。苏涅达在呼呼喘气，像是做着比他正经历的更肮脏的梦。我走到他的身边，将他嘴里塞的东西一下给拔了出来。

“仍然不知道怎么找到您的朋友吗?”我不等他缓过神来，问道。

“婊子养的!”他含含糊糊地骂道，愤怒地望着我。

“时间在流逝，您交代的期限在终结。”我告诉他说，然后重新将他的嘴给塞上，走出卧室。

客厅的钟表时针已指向午夜，一整天我们对苏涅达合作的期待白费了。蒙特贡用搜查厨房时找到的纸牌玩儿起单人牌戏，我则胳膊撑在朝着阿马斯广场的窗户框上。

“您没有告诉我接下来的计划。”蒙特贡说。

“计划就是苏涅达带我们到托罗·帕拉西奥斯那里去。”

“我们给他们互相交谈的机会，苏涅达必然会将现在发生的事告诉他的。”

“我想到了这一层，还想到了别的。”我走近桌子，那上面是我下午买的威士忌。

我倒满一杯，走进卧室。苏涅达醒了，从房间凝视着晴空。他在哆嗦，满脸是汗。我将他嘴里塞的东西掏出，逼迫他嗅威士忌的香味儿。我抿一口酒，感觉到律师的怒火犹如毒气在房间里膨胀着。

“您会为此付出代价的。”他呛怼道。

“这是您自愿交代的最后机会，苏涅达。随后我会将您交到几位朋友的手里。他们都是好小伙子，不过有时会很凶狠。”

“什么朋友？”

“曾善于用武器对付军人的人们，将一名曾经与严刑拷打被捕人员合作的律师弄到手他们会很高兴的。”

“您这是在吓唬我。这我知道。”

“如果您在几分钟内不交代，我就给我的朋友们打电话。”

“我不知道托罗住在什么地方，但我有他的手机号。”律师朝房间投以慌乱的眼神说。

“我很高兴您开始理智起来了。”

“我们在格里马尔迪镇一起工作，之后这些年，政治局势发生变化，我们重新相遇，他邀我喝酒。我以为他要我帮他打什么官司，结果他就是希望说说话。从此我们就是挺经常地见见面。他从未向我说起他眼下干什么营生，但很明显他非常孤独。”

“你们有专门见面的地点吗？”

“没有。我们每次见面，托罗都变换地点。”

“您给他打电话，约他明天上午十一点见面。”

“如果届时他不能赴约呢？”

“什么日子和什么时间对我来说都一样。您、我的朋友和我一起去赴约。不吵不闹，也不要耍心眼儿。我们到了餐馆，您只用把托罗指给我看就行了。”

25

同托罗的约会定在正午。当苏涅达将约会的准确地点告诉我们时，首先引起了我的注意，因为就在我的工作室附近。

“托罗总是将我们的会面安排在市中心。我想他这样做是避免我有什么不方便。我还见过他沿韦尔法诺斯小巷和埃斯塔多步行街步行到我们约会地点。”我就约会地点发表意见，故意没提地点离我的工作室很近时，苏涅达说。

“我想您明白断无捣鬼的可能。”后来我们离开他的家时，我告诉他。

律师停住脚步，盯住我的眼睛，脸上露出轻蔑的怪相。

“我的朋友将跟随我们。”我补充道，“他随身带一把手枪，他枪法很准，百发百中。”

“我只希望您说过的话算数，您见到了托罗，就放过我。”

“我将不会打扰您，但您得先在一两天内忍受我朋友的陪伴。”

“您想杀了托罗吗？”

“我花这么多时间寻找他，不是为了这么简单的结果。我想摘去他的面具，让他想起过去。”

苏涅达微笑了一下，然后继续走路。

“在去餐馆前，我们能喝一杯吗？”他问。

“回头您会有时间敞开喝的，您可以淹死在酒池里，我不会抬抬手救您的。”

那家中国餐馆位于班德拉街，挨着几家旧衣店和一家电话局。我经常从餐馆菜单布告栏前经过，但我从未贸然走进通向餐馆大门光线黑暗的走廊。餐馆只有一个大厅，摆放二十张盖着红色台布的餐桌。天花板上悬挂中国式的灯笼，灯笼上面装饰有中国式图案，这些图案投射到墙壁上。

“您不要乱来。”蒙特贡当苏涅达跨进餐馆门槛时提醒道。

苏涅达停住脚步，朝大厅里面看了看。只有五张桌子有人。其中一张桌子有一对上了年纪的夫妇在用餐，另一张有两位黑衣男子占着，剩下的餐桌都是单独的食客。他们中有两位背朝着门。第三位，年轻，衣着随意，当意识到我们出现就抬起了头。

“是哪个？”我问苏涅达。

律师耸了下肩膀，似乎想了一下。

“后墙右侧穿蓝色外套的人。”他仿佛痛下决心，“我把哈维尔·托罗·帕拉西奥斯上校介绍给你们。”

我看了一眼托罗的后背，马上给蒙特贡递了个眼色。侦探拉住律师的胳膊，迫使他离开。剩下我独自一人，朝托罗的餐桌走过去，我快到他身边时，他转过头来，朝餐馆的门口看了一眼。我看到他的面容，顿时感到心里发凉。我稳住脚步，不想引起他的注意，在一张有一点儿距离的桌子旁坐下来。当一位服务生走过来问我有什么吩咐时，我一下子没有反应过来，向他要一小杯皮斯科酒，并且告诉他我要看看菜单。托罗的注意力又回到自己的饭菜上。我从远处观看他的面孔，我微笑一下，心想近几周跑了漫长的路程竟然跑到这么一个晦气的餐馆。这难道纯属巧合呢？还是有什么东西将过去拉到我住的破烂街道呢？我抿了一口皮斯科酒，当那位服务生回来问我点什么菜时，我告诉他我没了胃口。我不介意他那难看的脸，在餐桌上放了几张钞票，打算回到街上。我想斟酌一下，决定接下来的行动。我寻找蒙特贡和苏涅达，却没找到他们。根据几个小时前的计划，估计他们返回律师的住所了。

从一个街口，我看见托罗·帕拉西奥斯从餐馆出来。我目送他消失在从班德拉街往北去的行人中。他那衰老的外表与我想象中当年那个不留情面的行刑者不相符。但他骗不了我，我很清楚他是什么人，在什么地方能找到他。我点上一支香烟，走到艾利亚维卢街，在安塞尔莫的报亭前停住脚步。我要了一盒香烟，他不愿收我的钱。

“我要感谢你给我的情报。”我对他说。

“我不记得同你谈过赛马的事，堂。”

“我指的是关于律师的情况。真不容易，不过最终他还是合作了。”

“我很高兴。对我来说，这不是我的初衷。你还记得之前有一天我给你说过的那位女邻居吗？就是同一名宪兵结了婚，曾到我家说她一个人，需要一位善解人意的男人的那位女邻居，你记得吗？”

“坦率讲，我不知道你给我说的是谁。”

“我请她喝了一杯皮斯科酒，随即她便靠在我的肩膀上，半个小时后我就和她在床上了。我没觉得不好，可第二天她回来说以前从未对不起过丈夫，她希望就此打住。”

“你又请她喝一杯皮斯科酒，于是她重新倒在你的怀里。”

“不仅如此。问题是她第三次来，还是那一套内疚的话，说把整件事情全告诉了她丈夫。”

“于是？”

“我等那位宪兵出现两天了，几乎夜不成寐。一天下午我看见他在回家的路上，那家伙有一副电视里出现的格斗士般的体魄。我怎么办，堂？”

“你再买一瓶皮斯科酒，保证那宝贝儿还来。”

“别开玩笑，堂。说实话，我害怕。”

“是怕丈夫还是妻子？”

“我觉得两者都怕。”

我撇下心神不宁的报亭老板，走进楼房。费利斯·多明戈在楼房管理室柜台旁，手里拿着几个信封。我一眼就注意到他正不知拿这些信怎么办呢。

“坏消息吗？”我问他。

“您的邻居，埃尔南德斯先生的两封信。”

“有问题吗？”

“我得把信交给他，上次去他的单元，受了他一通辱骂。那人没有教养。”

“费利斯，一杯水就把您淹着了！”

“费利克斯，埃雷迪亚先生，费利克斯。”

“我可以把信交给埃尔南德斯先生。”

“您替我把信交给他吗，埃雷迪亚先生？”

“我经过他家。”

“也许您可以使他对自己的不良做派有所反省。”

“主意不错，费利斯。”

“费利克斯，带字母x。”

电梯壁上的镜子里有一位已经不再考虑未来的男子。我轻轻摸了摸上衣里侧的手枪，等电梯门打开。我从工作室给坎贝尔打了个电话，把我关于托罗·帕拉西奥斯的侦查情况告诉了他。我请他等待二十四小时，如果这期间没有我的消息，就给贝纳莱斯和科塔波斯律师打电话。然后我拿起费利斯·多明戈交给我的信，与其说出于热心，不如说出于顺从，要把信交到主人手里。

楼道光线昏暗，从邻舍传出说话和电视的声音。我在邻居门前停住脚步，看了一眼他的信。突然产生不介入他的事的想法，还是回到我的工作室专心看书，或者只是观察一只蛾子烦人地乱撞好了。但这个想法只是一闪念，我要做完我的事。我按了几下门铃，等候。和第一次来一样，这位邻居过了一阵才将门打开，露出半个脸。

“我带来了您的信。”我一边把信递给他一边说，“楼房管理员有事，我就把信带上来了。”

“把信给我。”这位邻居命令道，并没有听我解释。

“请允许我就楼房管理员和您之间的事说上几句。”

“您不就是在这层楼有间工作室的私人侦探，不是吗？”

“我看您并不像表面上那样清闲。埃雷迪亚是我的名字，希望您给我几分钟的时间。”

“我没时间。请把信给我。”他坚持道。

我把信从门缝中塞进去，当埃尔南德斯打算把门关上时，我把一只脚顶进去不让关，把身体的重量都压在了门上。连接门与门框的合页发出吱吱的响声，由于我的攻击，邻居跪倒在地上。我不等他从惊恐中回过神来，第一拳打在他下颌，第二拳落在他腰带上面几厘米的部位。我掏出手枪，强迫他站起身来，后退几步，坐在室内仅有的一把椅子上。我深出了一口气，感觉心率正常了。然后我等他缓过劲儿来。

“您想让我怎么称呼您？埃尔南德斯呢？还是托罗·帕拉西奥斯上校呢？或者您告诉我您真实的名字呢？”我问他。

“您在说什么鬼话？”他气急败坏。

“或者您更愿意我称呼您迈达斯国王吗？您记得吗？您的俘虏们当时听到这个绰号便会吓得发抖。”

“您怎么如此胆大妄为？”

“您已经不可能继续逃匿了。万一您动了伤害我的念头，我就先明确告诉您，我并非唯一知道您真实身份的人。”

“您把我同另一个人弄混了。我叫德西德里奥·埃尔南德斯，我把我身份证件给您看。”这位邻居低声说，好像这样就能保证他的话的真实性。

“同几位从您的拷打中活下来的人对质更好。”我仿佛对我自己说话，“我跑遍圣地亚哥大部分地区寻找您的踪迹，原来我们住的地方仅有两个门之隔。”

“您要怎么样？”

“谈谈您过去的所作所为。”

“我再告诉您一遍，您弄错人了。”

“吉列尔莫·苏涅达。对这个名字您有什么要说的吗？”

“没什么要说的。”他很快答道，但面部左眼皮神经还是抽搐了一下。

“您同苏涅达的约会总还记得吧？他没有到餐馆去，您就不觉得奇怪？实际上我们准时到的那里，他毫无顾忌地指认了您。他现在已经被捕，警察在审讯他。”

“这与我有什么关系？”

“您很清楚我在说什么。您得承认捉迷藏的时间结束了。您想想吧，根据您为我提供的情况，我们也许可以达成一项协议。您现在处在一个死胡同里，我想不会有人能使您的处境比我给您的更好。”

我这位邻居看看他自己的双手，然后环顾四周，似乎在寻找什么暗号，告诉他今后要走下去的最好的路的暗号。最后，他双手交叉放在肚子上，盯着我的眼睛看了看。

“米格尔·帕斯特拉纳·甘达拉，这是我真实的名字，已经多年不用。”声音带有明显的沮丧。

“您不会不知道维克托·莫尔蒂桑蒂、比森特·塔皮亚和达尼洛·乌里韦他们曾经在为谁工作，是在谁的指示下工作的。他们都不知道或不愿告诉我。”

“今天还有信守忠诚的朋友吗?”

“就是说他们是知道您真实身份的?”

“不知道。我一向小心隐匿我的名字。我工作的性质和常识要求我这样做。从一开始我就知道保密不可能是永久的，总有一天他们会找我算账的。我对这一天是有准备的。我伪造了假身份，以假身份开办了银行账户、护照、信用卡、大学学位证书和各种证件。我们有这方面的路子，只要通过我们专业团队或者向负责不同证件部门的官员施压即可。后来，我们失去了政权，他们对我们展开追捕，我们在家人和一些同志的帮助下建立了地下网络。”

“现在是您为死者负责的时候了。”

“您这是在翻腾没人愿意回首的往事。”

“如此说，您也就不用费神躲藏了。”

“我不愿成为报复的目标，也不想最终被送上法庭。”

“也许您从未收手。”

“您为什么这么说?”帕斯特拉纳问道，我注意到他的右眼睑再次抽搐起来。

“我正在调查的谋杀案并非过去的事。赫尔曼·雷耶斯，这个名字使您想起点儿什么吗?”

“没有。”帕斯特拉纳答道，神色冷静。

“赫尔曼当时在调查与侵犯人权案有牵连的军人们的住址。通过大量的工作，他查清楚那些行刑者的真实姓名，这也使他付出了生命。”

“您具有丰富的想象力。”

“赫尔曼曾被关押在格里马尔迪镇集中营。在那里，他听到一些看守的名字。他获得自由后，大部分精力都花在寻找那些酷刑的实施者和他一些同事的死亡责任人上。很多年后，他终于发现了名叫托罗·帕拉西奥斯和富列托恩的行刑者的真实身份。”我注意到帕斯特拉纳再次努力保持表面的镇静。

“我只是好奇，敢问您讲这故事的用意是什么？”

“这一阵子我一直在问自己一个问题。一位像您这样级别的军人在这么个晦气的单元里都干些什么？孑然一身，藏匿，事实上只是在夜里生活，找一个酒鬼律师陪伴，被迫隐姓埋名。我总这样问自己，而且萌生一个故事，其中一些空白需要填补，是关于如您刚才所说的，一个双手肮脏、设法躲避可能的报复的军人的故事。这个计划实施多年，直到他获悉费尽心机掩盖的过去就要浮现，犹如平静海面上掀起一个巨浪。我不知道您是怎么获悉赫尔曼的存在的，是如何得知他调查的进展的，可是有一天您决定斩断祸根，在两位老部下的帮助下，杀死了这位好管闲事的人。”

“您没有任何真凭实据来坐实您这个荒唐的故事。”

“还有一些仍然在脑海里翻腾的问题。您利用来杀害赫尔曼的那些人叫什么？富列托恩的真实名字叫什么？是谁告诉您赫尔曼知道您和富列托恩名字的？”

“我再问您一次，翻腾这些事您能得到什么？我不知道他们付您多少钱，但我们可以达成一个协议。”

“我每每欲入睡，往事攘攘萦回吾梦寐。”我用雷蒙德·卡佛的一句诗回答。

“多少钱能让您沉默？”

“我怀疑您履行协议的诚意。您这是缓兵之计而已。”

“您好像是个不打算后退一步，执拗到底的人。”

“您的信就在桌子上，帕斯特拉纳。您没有要手段的可能，即使把我灭掉，您也仅有几天的气数。”

“和赫尔曼一样，可恶的执拗家伙。”帕斯特拉纳说道，口气带轻蔑意味。

“因此您把他给杀了吗？就因为他坚持揭露你们这些刽子手吗？”

“您错了。我有其他办法规避赫尔曼的调查。可我是名士兵，我服从命令。”

“您的回答并不很新鲜。您这样的阶级，负责任的总是别人。”我真想给他一拳，“胡利奥·苏阿索也在您所说的固执的人之列吗？”

“他是谁？”

“曾在格里马尔迪镇集中营待过的众多人之一。他在一次您被牵涉其中的审讯中做了证，后来死于一次事故。这事已经过去很长时间，但死者的女儿依然认为那并非事故。”

“他们在很多审讯中提到我，但我不可能为所有在路上死去的人承担责任。您打算什么时候结束针对我的指控？”

“当我听到我来寻找的答案。”

帕斯特拉纳控制住自己的愤怒，随即沮丧地向四周看一眼。

“很少有什么事像孤独这样使我痛苦。”他含糊地说，“但我并不抱怨。我信奉服从和忠诚的信念。”

“从现在起您不会再孤独。警察、律师和您所杀害的人的家属都会很关心您的情况的。”

“这就是您为我提供的唯一出路吗?”

“您会在监狱里遇到您的一些朋友。”我没有理会他的问话,“那是一座比普通监狱舒适的监狱。”

“您做所有这些为了什么?干吗要卷入比您能够想象的更复杂的事情中呢?”

“我就是那种心系左邻右舍生命的人,就是那种尽其所能不让您重新逍遥法外的爱管闲事的人,这次您是落入捕鼠器了,我想您是不可能逃脱了。”

帕斯特拉纳低头若有所思良久。我自以为胸有成竹的时候往往是最危险的时候,而且我想到或许应该给贝纳莱斯打个电话,让他负责对付这个军人。也许他有本事从这个军人嘴里套出更多的情报,然后把他交给一位有能力审判他的法官,我看了一眼手中的枪,想象着房间内枪的响声。但只是片刻的意念。接下来事发陡然,帕斯特拉纳趁我走神,抓起手边的玻璃烟灰缸砸在我头上。砸击并不厉害,但使我失去对局面的控制。我一个膝盖撑在地面上,没法阻止帕斯特拉纳一拳打在我下巴上。当我反应过来,军人已经出了房门。我出去追赶,看见他进了电梯。电梯再次上升到我们这层楼需要时间,于是我从楼梯往下跑,我到一层时帕斯特拉纳正好关上楼门。

我跑到街上,看见他在人群中逃逸。从远处我能辨认出他的绿衬衫。他尽力奔跑,但看得出年龄不饶人。他躲避过两辆轿车,穿过街道,然后朝背后看了看,朝赫内拉尔麦肯纳街走去。我看见他停下来，看着从他面前经过的车辆。我猜他想截一辆出租车，但我猜错了。也许我应该想到他在逃匿中做出了意想不到的决定。他对自己的衬衫做了处理，进了建设中的离卡利坎多地铁站几步距离的楼盘售楼处。我吸了口气，朝售楼处走去。进到里面，我见一位女销售员在忙着接待一位顾客。我等了几秒钟，问她适才进来的绿衬衫男子。

“他去看样板房了，十层。”那女子答道，重新专心接待那位顾客。

楼盘的建设已经在收尾，在一个堆满木板的楼道尽头，我找到了电梯。电梯门半天不开，等电梯门开，我像是进了一个汽车的后备厢。电梯壁都镶满了塑料膜和纸板。一个临时纸条提示电梯只到十层。我按下启动键，货箱样电梯老半天才启动。到了第十层，我看到另一个纸条，指示去三号样板房、二号样板房和一个卧室观看的路径。我从最宽敞的楼房开始转悠。房内涂料和黏合剂味道浓烈。我在起居室、厨房和饭厅快步走一圈。在卧室里，我检查了衣柜、浴室，我拉开遮挡狭窄淋浴空间的浴帘。没有发现人。我看了看屋顶平台，走到两卧室的单元，见一对夫妇在讨论房子大小。没有帕斯特拉纳任何踪迹。

最后一套，模型般大小。厨房、起居室、餐厅都在一个空间里，估摸一次坐不下三个以上的客人。浴室和卧室如两个火柴盒一般。没有发现帕斯特拉纳的任何蛛丝马迹，但是当我要离开时，我听到街上的呼喊声。我想起我刚才在卧室看到的细节，并没有给予应有的注意。我按原路折回，在通向带有小平台的房间玻璃门内停下脚步。我走到外面，眩晕使我后退。我屏住呼吸，第二次向楼下看，我知道追捕行动已经结束。

我回到售楼处大厅。我向女销售员借用她办公桌上的电话。贝纳莱斯迟迟不接他的手机。当电话接通，他告诉我他正在勘查发现一个乞丐尸体的垃圾箱，可能是被一个新纳粹团伙成员用匕首杀害的。我把帕斯特拉纳的情况告诉他，等他或他的部下来负责这位军人之死的案件，我们说好在拉皮奥赫拉见面。我离开售楼处，走近围着尸体的工人们，我对尸体注视一阵。已经没有什么意义，就是一具解体在水泥路面上的尸体而已。我点燃一支香烟，返回我的住所。

26

帕斯特拉纳家的门半开着，除了好奇没有别的理由，我又走进我们最后一次谈话的房间。地面上的烟灰缸使我想起我前额一侧的红印。我将烟灰缸拾起，将它装进我的上衣口袋里，免得来勘查现场的警察怀疑。单元的布局与我住的单元类似，一个现代大餐厅，我是将它用作工作室的。两个卧室，两个浴室，一个宽敞明亮的厨房。其中一个卧室闲置，另一个只有一张床和一个床头柜。床下面我找到一双黑色皮鞋，床头柜上一本汤姆·克兰西的小说，两支圆珠笔和一板阿司匹林。在衣柜里有一套三件套西服，一个口袋里有可怜的四枚十比索的硬币。没有任何东西表明帕斯特拉纳个性的某些特征，或者使人了解在他被撕下面具之前的活动。我想到一位在敌对阵营里幸存下来的指挥官，一个沉迷于运气的人，除了本能和杀人的知识外没有别的本事的人。我在想他对自己的行为是否有意识，还是一只只知道服从主人命令的猎犬。一个没有感情的人，走投无路便选择自杀——并非出于愧疚，而是为了截断他同自己命令来源的关系。我在离开这个单元前，对厨房进行了检查。一个食品柜里有一罐速溶咖啡和一瓶未开瓶的伏特加酒。在洗碗处我找到两只杯子和一个咖啡杯。我拿起酒瓶夹在腋下走了出去。没有人会知道这酒的消失，帕斯特拉纳不会再干什么杯了。

我挨着写字台坐下，抓挠几分钟西默农那毛茸茸软绵绵的肚子。有什么疏漏了，侦查的某个环节中总觉得有一层纱幔没有拉开。我没法厘清我焦虑感的原因，只是似腹中有一种刺痛感，或是预感马上会接到一个坏消息。我将伏特加酒瓶打开，杯子斟上酒，想起中国诗人杜甫的一句诗："检书烧烛短，看剑引杯长。"西默农嗅到酒味，跳到地板上，开始挠写字台的侧面，它常常这样来磨它的爪子。它的面部表情和肌肉的紧缩使我联想到一只愤怒的小老虎。伏特加酒并没有使我的智商增高，却帮我想起蒙特贡还在苏涅达家里。

侦探说话少气无力，说明他已经厌烦了。我问他苏涅达的情况，他告诉我那位律师睡得香呢，怀里抱着他执意要喝完的威士忌酒瓶。

"可以随他去了。"我对他说，"等他酒醒来，会认为这几天的关押是一场噩梦的一部分，也许我们的面孔他连想都不愿想。"

"就这么放了他，让他来回瞎逛的主意我不以为然。"

"他完成了他的事，告诉我们找到托罗·帕拉西奥斯的地方。"

“我同意。就让苏涅达这么酒后睡吧。”蒙特贡不大情愿地说，马上问起托罗怎么样了。

“托罗，也叫德西德里奥·埃尔南德斯，尽管他的真实名字叫米格尔·帕斯特拉纳·甘达拉，这个名字应该在法医鉴定服务部的抽屉里。”我回答道。接着我将我这位邻居跳楼的事详细告诉了他。

“成了断了线的案子。”蒙特贡说，“我们接下来做什么？”

“我想从头来。”

“我们的协作呢？”

“我的侦探室几乎顾不上我和西默农的饭钱。”

“这不是我所期待的结局，埃雷迪亚。”

“随时可以聚在一起喝几杯。我忘不了我欠您不止一个恩情。”

“一喝酒，酒烧头，您会改变关于我们协作的想法的。”

我隐约看见贝纳莱斯在一张桌子旁边坐着，从那里可以观察顾客的进出。拉皮奥赫拉酒吧和往常一样，尽管稍留意便发现一些桌椅进行了更新。剩下的就是往常的嘈杂，吧台上的奇恰酒和皮佩诺酒的敞耳罐，两只在顾客之间走动的猫，一些在喝啤酒的大学生，以及那些长醉不醒的顾客，他们是关心杯中酒胜过周围事的人。

“你怎么有兴致约到这个地方？”贝纳莱斯问，由于等候，情绪有些烦躁，“这里很吵闹，找一个空着的酒杯压不垮的桌子都不容易。”

“这里有人气，丰富多彩，各自干各自的事。”

“我记得我最初搞侦查那个时代的头儿常在这种地方招募眼线。”

我们要了几份热肉卷，加上煮熟的土豆和西红柿酱，贝纳莱斯是胃口大开，赞不绝口。

“没什么可惊讶的。”我讲完帕斯特拉纳的情况后，贝纳莱斯评论道，“承受不了被揭露真面目，宁愿自杀。这是土生白人歹徒们时常出现的情形，尤其那些已经有牢狱经历的土生白人。”

“帕斯特拉纳并非一般的歹徒，也不是那些快要被抓住时想到的是皮肉之苦的毛贼。他是一名受过情报工作专业训练的军官。他决定自杀应当另有我们不知道的隐情。”

“人都死了，干吗还为他的事花费心思？”

“我本希望能在监狱里见到他的。”

“苏涅达的情况呢？他也该坐一阵子牢。”

“让你的手下监视他，很快就会抓住他的把柄。将他关进去的理由有的是。”

“从今往后，这只鸟儿会躲在窝里安稳的。我向你保证。”狼吞虎咽一份肉卷后，贝纳莱斯接着说，“我们让卢戈和布尔内斯对质了。问到第二个问题，他们就开始相互矛盾，剩下就是把零碎的情况串起来。”

“你整天对付这些人渣不累吗？”我问贝纳莱斯，“都是些杀人犯、毒贩、将自己女儿从家窗户往外扔的家伙、赌场老板、腐败透顶的混蛋、多人强奸犯、溜门撬锁的姑娘、动刀争斗的夫妇。人类出事了：希望破灭，负债累累，除了失业和贫困别无选择的青年，为了还贷日复一日地劳动的人。他们很少有或完全没有快乐。我情愿将幕布拉下，开启一个新的历史。”

“尽量不去多想这些。”

“应当另有别的活法，贝纳莱斯。”

“要改变这个世界你年纪大了点儿。”

“这方面有年纪大小之说吗？生活在一个我们的职业成为无用的、过时的本事的世界里的希望，我没有失去。”

“我是一名警察，我只限于履行我的职责，不像你总是想入非非。”

“也许你是对的，贝纳莱斯，或者像乔兰[1]的一本书里说的：‘我对现实太清醒，而其他人则处在傻子般不愿醒来的睡梦中。’”

总是想入非非，一语中的，这也是我的个人魔咒。寻找被掩盖起来的痕迹，认清表面背后的真相，回答没有人敢大声提出的问题。在拉皮奥赫拉酒吧门口对面辞别警察贝纳莱斯，在回工作室途中，我没想别的，一直在梳理疑问。帕斯特拉纳说他必须执行命令。然而这“命令”是过去的呢，还是现在的呢？有些疑问是我解决不了的。我看了一眼伏特加酒瓶，虽然诱惑力很大，我最终还是放弃了品尝里面的东西。

“你在犯什么愁呢？”西默农问，“你想知道月亮背面有什

1　罗马尼亚哲学家和散文家。

么都要想疯了。”

“难道生活不就是这样吗？想象，梦想站在地球上的双脚能远离地球。”

“你不用心烦，埃雷迪亚。事情没那么严重，不就是一些线索断了，困惑，感觉侦查半途而废了。帕斯特拉纳命人杀了赫尔曼。卡维略是卢戈所害。你还想知道什么？两起犯罪一个价钱，和季节清仓一样，一个价钱买两件商品。”

“困惑会堵死思路或打开思路。我还不知道杀死赫尔曼的人是谁。”

“你少拿你的假哲学来诓骗我。”

“赫尔曼发现了帕斯特拉纳，而后者不是采取多年一直在进行的捉迷藏的游戏，而是把赫尔曼给杀了。他为什么要这么干呢？为什么不是躲起来避避风头呢？”

“也许赫尔曼除了帕斯特拉纳的名字和住处，还发现了什么。”

“这就对了，爱管闲事的猫。你总算说出有些道理的话了。”我拿起电话。

“又是什么事？”坎贝尔打了一个长长的哈欠，“你从来不会为评论天气预报或为急救海蟹生命打电话的。”

“我是很想那样做的，可我知道你是个忙大事的人啊！”

“你还别说，今明两天，我必须为我的杂志写三篇文章。另外，人家聘我写十五句广告词，两篇广播稿，为一位参议员候选人的竞选活动拟订六个巧妙信息。”

“你也可以说不的：我不能够，我不愿意，我没时间，我没兴趣。”

“放着一大堆钱不挣吗？”

“钱，钱。等你活到最后一天，还在想你的活期账户上还需要添几笔。”

“你不要坏我的生意，告诉我你需要什么。”记者怒道。我最后的话有点儿伤着他了。

“我需要国家情报委员会和国家情报局官员的情况。”

“你不觉得你说的范围很大吗？1990年以后，包括之前，他们当中一些人仍然在位，另一些人被调走，一大批已经退休。退休的官员大多过着隐居生活，少数官员，最有名的，后来都上了法庭。”

“我并不想要所有官员的情况，只要你采访过的那些官员的情况，我需要一些那个时代引人注意的报道，因为里面出现了之前从未被提到的名字。”

“我写过很多方面的报道，都基于审判的背景资料、报纸上看到的对军人的采访和传闻中得来的资料。你可以查阅我的文稿档案，不过你可能需要几周的时间在我的文件堆里扒刨，而且你那讨厌的烟味儿会污染我的办公室。我通过电子邮件发给你一些报道稿，如果有你感兴趣的，再查相关的档案。”

“我没有电子邮箱。我更相信邮递员。”

“你可以在我的博客上看那些报道稿。”

“我没有电脑，我住的那个街区唯一可以上因特网的咖啡馆因为没有缴税也被查封了。”

“你干脆对我说你现在是在用一支鹅毛笔写字得了。”

“用一支黑色圆珠笔写字最方便。”

安塞尔莫抱着一堆眼看就要掉下来的文件走进我的工作室，到了写字台前，没有任何客套话，就将文件扔在了桌子上。

“你的朋友坎贝尔疯了，堂。”他说，同时用手帕擦他发亮的秃顶，“派人将这堆纸送来。我不知道为什么，那人不进这楼，却忙着和我说话，把差事丢给我办，是怎么回事？”

“是我求坎贝尔给我送来一些他的稿件。”

“怎么没发到我报亭的传真机上呢？”

“页数太多了。”

“那机器能派上正经用场也是好的，迄今为止，除了用来接收宗教连载宣传册和商号的宣传品，没有别的用途。”

“你总可以将它捐赠给一家博物馆，附上一张你的社交照片。”

“你就别拿我开涮啦，堂。我想用它换一台电烤箱，与咖啡机配套。你看怎样？”

“你一天比一天聪明，安塞尔莫。”

“必须与时俱进，堂。”

“照这样下去，你只能是与债务俱进。到头来和大多智利人一样，成为债台高筑、生活拮据的一位朋友，或者购买这些电器成为家里大事标志性时间节点的朋友。当我同他们谈话时，他们便对我说‘我的女儿是在我购买电脑的前两个月出生的'，或者'我妻子是在我购买第一台录像机的同年动的阑尾炎手术'，诸如此类的话。"

"我是想过得舒适些，堂。"

"一本书、一张舒适的床、一桌可口的饭菜、一首悦耳的乐曲足矣。"

"你别吓唬我，堂。甭说书，我就看一眼你的书室，就饱了。我宁愿专心赛马频道、喝杯啤酒。就像我老妈说的，人各有志，每个人都应穿自己合脚的鞋。"

"和你没法讨论问题，安塞尔莫。"

"和你也一样，堂。"

我仔细阅读了坎贝尔的报道文稿，没有发现任何对侦查有新启发的信息。一篇文稿里提到托罗·帕拉西奥斯，他是对提出控告的女老师实施拷打的负责人。该控告因缺少证据成为多年搁置的诉讼案。多数报道都与见诸报端的控告有关，被告人都在监狱中服刑或在服刑期间过世。另一些报道提到案件没有进入司法层面，涉及不同级别的军人，很可能与非法逼供、贩卖武器、走私毒品和人员失踪有牵连。名单中没有科塔波斯在名单中登记的名字。很明显，司法机关在对这些涉及众多生命的凶残案件的审理和侦办过程中拖沓不作为。只有在1990年代后，一些打算拉开用来遮掩罪犯的纱幔的法官工作才凸显出来。这是一项必须面对时间的工程，时间用尘埃将证据掩盖起来，必须面对当事人一味的沉默。坎贝尔的一些报道总有独裁时期记者写的文章的特点，他们复制安全机关为了歪曲事实或者认定受害者家属的控告是诬陷而捏造的故事。随着时间的推移已经真相大白的谎言数不胜数。

我将这些文稿搁在一边，望着从窗户看得见的一片天空出神。几朵云在缓缓移动，对赫尔曼·雷耶斯案子的调查中出现的各种枝节漠不关心。应当同赫尔曼的姐姐和他的未婚妻谈谈；然后，倘若有兴致，再次回到特兰的画室；之后，回到工作室，坐下来等候新顾客的到来。

“你也许应该习惯发现半真半假的情况。”我听到西默农说道，同时见它离开它在上面睡觉的书堆。

“情况并不总如人所愿。帕斯特拉纳坦白得更全面一些该多好啊。”

“最准确的实情往往就被掩盖在寻常处后面。”

“我总感觉我忽略了一个或多个环节。”我没去想西默农的见解。

“你需要到外面转转，换换思路。”

“也许需要喝杯酒。”

“你总有喝酒的借口。”

“我与酒的友谊不需要什么借口。要做酒的朋友就真心实意地做，不能虚心假意。”

“这是费尔南多·萨瓦特尔[1]的名句。你不要对我说这是你的什么杰作。”

“我不会这么做的。我知道你在揭我的短。”

1　西班牙最受欢迎的哲学家之一。

27

我在街区转一圈，走进几家餐馆，里面用餐的顾客寥寥无几，无聊的妓女却绰绰有余，之后我回到家里，躺在床上看书。尽管书中充满妖魔鬼怪的情节，还是不能使我打起精神。我累了，我想念格里塞塔，书上的字像一块鲜肉周围的蚂蚁聚集起来。困倦犹如张开的网，任凭我怎么努力挣脱，还是进入了梦乡。

早晨是安塞尔莫的说话声把我吵醒的，他似乎特别想让我回到卧室那光线不好的现实中。他身穿醒目的柠檬绿衬衫和露出干瘦脚脖子的短腿裤子。

“我想你会有兴趣看今天的报纸的。”他说，递给我一份报纸，报纸的大标题凸显在一位电视明星的胸脯上，“是关于你的邻居之死的一些事。”

报道占一个版面，附有一张帕斯特拉纳身穿军服的老照片。报道的内容不怎么靠谱，多是猜测。报道说这位军人长期抑郁不堪，原因有二：退伍和数起官司。报道还借用了他小妹的话，声明自从他们母亲的葬礼后，近五年不知道他的情况。她以为她的这位兄长住在圣地亚哥外面的什么地方。她面对针对他的指控，宁愿保持沉默。报道还援引一位上校，一个退伍军官组织的发言人的声明，此人对帕斯特拉纳之死感到难过，并把他的死归咎于那些被军人打败、一直希望进行报复的人的进攻。报道还援引新近自杀的一位女子的情况，这位女子曾是国家情报局一个审讯中心的女看守。她是在自己院子里一棵树上吊死的。据邻居讲，她孑然一人，由于酗酒和吸毒活得很累，很屈辱。

“上帝的惩罚，但不是用棍棒。”我读完报道，安塞尔莫议论道。

“逃不过记忆的制裁。无论我们喜欢与否，早晚我们都要汇聚到记忆给我们指定的约会点。”

“报纸的消息没有多大用处，是吗？”

“调查结束了，是该把结果报告给雇主啦。往后，我就坐下来观察这个街区的鸽子啦。”

“这里景色似乎并不很称心如意。”

“逍遥自在的去处有的是，罪犯总不会把所有门廊都给独占了。”我没精打采地说，同时在翻阅报纸。翻报纸就是为了证实世界依然以其惯常的愚笨运转着，一种简单而病态的快乐心理。

安塞尔莫回到自己的报亭。我喝了杯咖啡，后来我正要出门，听到闹心的电话铃响了。电话里听到一个家伙，像一位长期在国内巡演的歌手的保镖那样详细询问我的作息时间。我把金刚的电话告诉了他，当他辱骂我家人时，我把电话挂了。三分钟后，电话重新响起来。我想这家伙可能仍然为我祖辈们的健康操心，我拿起话筒打算教训他一番。

“我总算找到你了。”我听到是格里塞塔在说话，“我给你打了几天的电话，总是没有人接。怎么了？你好吗？”

“一个人快失业了能不一切都好？”我告诉她说。

“这就是你要告诉我的吗？”

“西默农和我想你。你何时回来？”

“我再有两三个星期就回圣地亚哥了。”

“你应该向闲云野鹤般的生活说声再见啦！”

“一点儿都不闲。最近这两天一直在阅览该我会见的妇女们的作业。我给她们每人都发了一个本子，写她们生活中的故事或随便想说的话。”

“一个本子？”

“不是大学里教学生学习的本子，不过有些情况下还真管用。我请求病人将自己的生活经历和所有那些不敢在会面时讲的事情记录下来。然后我会对这些本子进行审阅，往往会获得有价值的信息。”

“病人们可以写与她们的工作有关的内容吗？”

“任何影响人的行为和情感的内容。”格里塞塔答道。

“心理医生常用这种方法吗？”

“并不常用，除非病人是小孩，让他们画图画，然后由心理专家解释。成年病人优先采用口头表述的方法。当然还有心理专家用来记录病人言语的本子。”

“我觉得那个案子不是这种情况。”我心里大声说。

“你为什么一下子对我的工作感兴趣了，埃雷迪亚？”

“也许等你回来，我可以给你一个满意的答复。现在我得去一个顾客的家。”我慌忙道了别。

但我没去比希尼娅·雷耶斯的家，因为我放下格里塞塔的电话，拨通了贝尼尔德·罗斯诊所的电话，并请她接电话。

“我仍在寻找杀害赫尔曼的凶手。”我对她说，心里想是对她实话实说呢，还是撒个谎博得她的信任，“我需要问您几个问题。”

“您想知道什么？”

“赫尔曼天天在本子上写东西吗？”

“这重要吗？”

“我不知道。不过我很想听您讲讲这方面的情况。”

“他时而在记事本上写东西，而且是在有兴致时才写。在另一个本子上，工作记录他倒是几乎天天做，每当他读到什么感兴趣的东西都记录下来。”

“这后一个本子是他用来记录同心理医生讨论想法的吗？”

“是的。一天他在他家找不到这个本子，打电话问我是否遗忘在了我家。那时我才知道这个本子的存在。结果他到处找也没找到，我猜想他只好在另一个本子上，就是在那个他调查中使用的本子上写完了给心理医生的笔记。”

“这就是说他一直写到他死的前一天。”

“不是的。笔记本在那位心理医生的诊所里。好像是赫尔曼忘在了那里或是她想审阅。”

“有些不对，贝尼尔德。我们上次谈话时，您告诉我笔记本是在您家找到的。”

“大概是我弄混了。”护士说道，压低声音，“安娜·梅尔戈萨是在赫尔曼被害之后，将本子寄给我的。两天后我决定将这些本子交给比希尼娅。我接到笔记本时正忙一件急事，就把它搁在了我的卧室，结果我给忘了，直到第二天整理房间时才看到。这时我想起比希尼娅，她一直不赞成我和赫尔曼的关系，因此我想把笔记本给她看，可以表明我们之间关系是真诚的。”

“您注意到缺页吗？”

“没有注意。您说的是什么页？是空白页吗？”

“我在翻阅时发现有一本缺页。记录的一些内容部分不完整。”

“我看的时候没发现。您对赫尔曼在这些缺页上可能写的东西有数吗？”

“当然没有。”我答道，想起了坎贝尔报道中提到的一个名字。

28

雪佛兰启动不了，在安塞尔莫和两位邻居帮助下，推了很长一段路也无济于事。我只好将它搁在那里，打的去往安娜·梅尔戈萨的诊所。在途中，司机一个劲儿抱怨汽油涨价，我在看坎贝尔的报道，直到找到同贝尼尔德·罗斯的谈话时想起的那个名字。

心理医生的诊所挤满患者，我不得不撒谎，以便医生的秘书把我加进当天就诊的名单中。然后我便在诊所候诊室坐下，挨着一位染一头红发的小伙子和一位使劲啃咬指甲的女子。一张矮方桌上有一摞关于减肥食谱的小册子。我拿起一本，那女子便问我是否为食欲过盛来看心理医生。

“我是连环杀手。”我答道，不想同这女子拉开话匣子，“我苦恼的是没人信我的话。我几次到警察局自首，可他们不相信我。”

那位小伙子听到我的回答，大笑起来。然而那女子则神色茫然，啃起指甲来，不再与我搭话。两小时后，直觉告诉我，轮到我就诊了。正当我不敢相信自己的直觉时，女秘书告诉我可以进她上司的诊室了。

安娜·梅尔戈萨同我们第一次谈话时一样富有魅力。但是，她的声音和看我的眼神显得没精打采，使我觉得她累了，听病人诉苦听累了。我在她的写字台前面坐下，沉默片刻，掂量一下开始谈话的最佳方式。

“我的秘书告诉我您希望谈与我的专业无关的事。”她说，“我相信您不会是保险销售员或者贷款推销员。听到他们的电话、接到他们的信和电子邮件我头都大了。”

“您不记得了？几天前，我们谈过赫尔曼·雷耶斯，您的一位患者。”

“您是那位侦探吗？”安娜·梅尔戈萨表现出我觉得有些假的惊讶，“对不起，我没能认出您来，不过来就诊的人这么多，我确实记不清。”

“为了您的患者着想，我希望您不要对他们这么说。”

“我的病人我记得清清楚楚。”她有些不高兴，同时摸了摸她外套的口袋。

“如果您想抽烟，就抽吧。”我对她说。

“您怎么知道我想抽烟呢？”

“两个小时您给三个病人进行了心理治疗，您在我们上次见面时说过，当着病人面是不抽烟的。”

“您的记忆力真好。”她从外套口袋里掏出了一盒香烟，“我能为您做些什么，先生……？”

“我叫埃雷迪亚。”我答道，接着我将从比希尼娅·雷耶斯去我工作室那天到目前的调查情况，向她做了概述。

“我想帕斯特拉纳自杀后，您的调查已经结束了。您办案高效，祝贺您！”她说。

“我真不知道是否值得您祝贺。”

“不值得吗？”安娜·梅尔戈萨声音突然变得有些不安。

“我总觉得有些疏漏的地方，需要您帮我弥补上。您曾对我说过，倘若有问题，可以来麻烦您……”

“是些什么问题？”

“您在给病人治疗中使用本子吗？”我仔细观察着我的话可能对心理医生情绪产生的影响。

“您怎么对这感兴趣？”

“我对您说了，一些疏漏。您可以告诉我这本子的特殊用途吗？”

“我用记事本记录他们在谈话中讲的事情。”

“我指的是病人用过的练习本。”

“有时我让小孩子或难沟通的成年人用这种本子。这种疗法的关键作用在于使病人敢于讲出自己的问题。”

“赫尔曼·雷耶斯用过这种练习本吗？”

“我得查阅病历才能回答您的这个问题。”

“您不要骗我。刚才您对我说，您对病人记得清清楚楚。”

“也许我刚才话说过了，我忘记的细节有的是。”安娜·梅尔戈萨表面上神情淡定地说。

“我还知道您把这些练习本寄给了贝尼尔德·罗斯。”

“对，我怎么给忘了！”心理医生言语间带有某种紧张地笑了，“赫尔曼在练习本上写下他希望告诉我的话，在我们谈话时用。这是帮助他记忆，方便沟通的方式。不过这两个练习本都不是我们治疗中使用的。用于心理治疗的练习本他丢在了公共汽车上或忘在了一家餐馆里。”

“可是，您将他的两个练习本要去仔细阅读了。您这是为了什么？因为赫尔曼他失去了通常的那本练习本，于是他将用于治疗的记忆中的事写在了另一个本子上，或是因为您对他最后调查的一些情况感兴趣。”

“您这是在指控我吗？”

“您关心的情况是什么？”

“练习本您看过吗？”心理医生避开了我的询问。

“几乎每页都看了。”我答道。然后她垂下目光，我提醒她赫尔曼参与了一个揭露与镇压行动有牵连的军人身份的团体。

“我们第一次见面就谈过这方面的情况。”

“是的。我对这方面的情况和对您还没有告诉我为什么要他的练习本一样关心。”

“本子里有治疗用得上的信息。另外，不再需要时，我就将本子寄给了贝尼尔德·罗斯。”

“她又将本子转寄给了赫尔曼的姐姐。”

“本子的最终去向我就不得而知了。我也不知道您的这些提问用意何在。”

“您发现其中一个本子缺页吗？是有人将一些页撕掉的，情况就不完整了。”

“没有，没有发现缺页。”

“也许您将这个本子借给别人看过？”

“您怎么会这样想呢？我的患者说的或写的情况是职业

秘密。”

“如您所说，您能解释为什么其中一个本子会缺页吗？”我执意问，是箭在弦上不得不发。

“我一天工作量很大，我累了。”心理医生说，同时点上一支香烟，“我也受不了您的蛮横无理。”

“我希望您能平心静气，帮我澄清事实。”

“适才您说过赫尔曼的谋杀案已经结束。”

“可我不知道谁是这起犯罪的主谋。我发现帕斯特拉纳组织了这次谋杀，但是凭我的直觉是有人命令他这么做的。”我说。

“您在指控我什么吗？”

“您有接触赫尔曼练习本的特有条件，除非我最近几个小时的发现是错误的，您是退伍准将图略·梅尔戈萨·因贝特的妹妹。”

“图略是我兄长，这重要吗？”

“赫尔曼发现了准将的黑暗过去。图略·梅尔戈萨青年时是准尉，曾在声名狼藉的情报部门工作。富列托恩是他作为特务用的名字，尽管他年纪轻轻，却因在审讯被捕人员时的凶狠而崭露头角。直到赫尔曼的调查取得成果，没人能揭穿富列托恩的真实身份。您应该知道，几宗司法案件都有他的份。”

“这样的故事您是从哪儿弄来的？我多久没有听说过这样的胡说八道啦！”

“有些案件对想象力是有帮助的。小说里，犯罪案件常常用来推敲，挑战人最敏锐的智商，但实际上万变不离其宗。

一个动机或者有利的线索，就可以直捣凶手的老窝。只有逍遥法外的罪犯才有时间销毁证据、杀人灭口或捏造假象。”

“您不能强迫我继续这样的谈话。”安娜·梅尔戈萨提高嗓门说。

“如果我愿意，我可以很粗鲁。不过我不愿意那样对您。听说从不愿参与的赌局一定会输。”

“您指什么？”她露出悲哀的神情。

“我们第一次谈话，您对我讲了您在调查政治迫害和酷刑的国家委员会做证词审查工作的情况。该委员会的成立旨在辨认确定受害人的身份。我想这才是导致赫尔曼来您这里就诊的动因。”

“您赢了，埃雷迪亚。人常说一手遮天是不可能的。”

“我有时间也有耐心，讲讲您的故事吧。”

“我是家里的异类。”安娜·梅尔戈萨说道，声音稍稍提高，“我在大学读书时就参加基督教左派，当然从来都不是军政府的党徒。除了我父亲，在一个企业家、军人和右翼神职人员的家庭里，我是异类。当军队开始对闹事的穷鬼们——我的家人这样称呼人民联盟党人——屠杀或关押时，他们都坦然自若。当他们让我参加那个委员会的工作时，我觉得有机会为拨乱反正出力。”

“请您谈谈您的兄长。”我直接打断心理医生的话。

“关于他在安全部门工作的各种传闻我都知道，和大多数人一样，对于发生在格里马尔迪镇的、国家体育场的、道森岛上的、智利体育场的和其他审讯中心的事我都清楚。在接受委员会工作之前，我就这方面的情况同图略谈过。他矢口否认，说他那时的工作就是情报整理。情报是由渗透进工会和隶属天主教的组织里的情报人员呈报的。说实话，他那样讲我并不感到意外，也不认为是实话。”

“您是什么时候得知您的兄长是富列托恩的？”

“赫尔曼告诉我他的调查有了进展，并将他的记录读给我听。我告诉他，我要对他的记录进行分析，并把本子要了过来。当我读他记录的时候，想起了我工作中听到的关于格里马尔迪镇的证词材料，尽管我知道我哥哥的政治理念，但我很难接受他就是那个富列托恩，被捕过的人都指控他犯下那么多的卑鄙行径。我先是感到怀疑，后来是感到羞耻。一个与我自己感情如此亲近的人，我与之共同接受父母谆谆教诲的人，怎么可能如此凶狠暴戾？我再次同图略见面。他告诉我不要在意那些人的谎言。从此，直到我把赫尔曼的记录本交给他，我再没同他搭过话。”

“我很想相信您说的，可我不明白，您最终还是帮助了您的兄长。”

“为了我父亲和我丈夫。”心理医生说道，然后激动地弹了一下烟灰，“那是两个漫长的故事。”

“您告诉我的一切，我都将洗耳恭听。”

“我父亲是位军事政变后被他们开除了的老军官。一直到那时，他一直同被杀害的施奈德将军一样信奉军队尊重宪法，不赞同政变，更不会赞同他们后来的犯罪行径。他深感自豪的是亲眼看着我的哥哥参了军，成为一名人家都预言会步步高升的军官。今天我父亲已经年迈，如果他得知图略曾参与那些让他伤心疾首的犯罪，非要了他的命不可。我父亲心目中作为军人荣耀的东西就是他自走上军人道路一直遵循的东西。图略他让我看到了一旦我父亲知道实情的后果。”

“这是您父亲的故事。您丈夫的呢?”

“那是只有我哥哥和我知道的故事。长话短说，我大儿子的父亲不是我丈夫，而是我读大学时的一位老同学。我婚后同他有过短暂的关系。错误、不成熟、软弱，怎么说都行。我确实爱我的丈夫，为了维护我们的婚姻，我选择了沉默。图略是偶然知道实情的，因为他在我的诊所找到一封信，一封曾经是我情人的他写的信。为逮捕这位大学同学，审问他和我的关系，他动用了权力。他从未对我说过此事，直到我找到他，要他就赫尔曼的调查给我一个解释。这时，他对我说了父亲的健康情况，说了他知道我儿子爱德华多的情况。”

“于是您决定将记录本交给您的这位兄长。”

“我被吓住了，而且从未想到图略会为了掩盖他的过去再次谋杀人。我至死都会为我所做的事后悔。”

“您为什么要将练习本的那些页给撕去呢?您可以原封不动地交给他的。”

“我本想复印的，但图略要求给他原件。我也想到赫尔曼会要回他的练习本的，而且我是把那些页撕下来后才想到可以告诉他本子丢失了。我很紧张，是硬着头皮做的。”

“我还是不明白您为何将练习本交给贝尼尔德·罗斯。”

“我想会有很多人知道练习本的存在，这样的话，本子最好是在别人手里。本子落入贝尼尔德的手中，就不会有人指控我撕去了那些页。”

“这是唯一的理由吗?”

“不是。赫尔曼被谋杀后，我就明白他应该是告发了我哥哥。我当时认为把练习本交出去，可能有助于别人在我不被牵连的情况下发现它。现在看来这是我唯一没弄错的事，而且是明智之举。我哥哥知道赫尔曼，无论有没有记录本，终究都要揭穿富列托恩的身份的。因此，他决定将他除掉。除此之外，还因为赫尔曼知道他别的罪行……”

“别的什么罪行？”

“在我撕去的页上记录的那些罪行。”

“那些记录您记得吗？”

“不仅记得，还可以拿给您看。我在交给图略之前，我将这些页复印下来了。”

“您留了一手吗？”

“我哥哥得知练习本的存在后，他的反应把我吓坏了，于是我决定保存一份复印件作为防备。”

“您做得对。”我观察这位女子的眼睛，“现在您得接受警察的询问。”

“这我自赫尔曼死后就做了思想准备。我应当承担我的责任。”

“您的事情必须讲述很多次。”

“当时我就应该将实情告诉赫尔曼，就应当预见到将记录本交给图略并不能保证他就会束手就擒。我不明白为什么赫尔曼没有将我的姓氏和我哥哥的姓氏联系起来。”

“我们每个人都会犯错误。您知道他错在什么地方，也许赫尔曼发现你们的姓氏一致时为时已晚，他已经来不及修正错误。”

“您现在想干什么?”安娜·梅尔戈萨问。

“阅读这些复印件,给几个朋友打电话。”

“图略必须为他的所作所为负责,我父亲总会知道发生的事。”

“知道实情总比蒙在鼓里好。”

“我还有个疑问,埃雷迪亚。您是怎么想到练习本的事的?”

“说了您也许不相信,是一位心理医生点化我的。”

我将诊所的门关上。我终于想明白赫尔曼在记录本中提到的那个神秘的“她”是谁了。我来到街上,信步而行,观望回家路上的行人:化过妆的面孔,染过色的发型,各式各样的墨镜,各种款式和颜色的服装。表象,全都是表象,欺骗,伪装,隐瞒,谎言。我想起詹姆斯·吉尔·德别德曼的一首诗:“池塘里死者的背后,小菜园幽灵的背后,在翩翩起舞的夫人和嗜酒如命的男人背后,疲倦、厌烦、悲恸表情的背后,必定另有绝非我们所能看到的隐情。”

29

赫尔曼·雷耶斯犯了两个错误。也由于不为人知的原因，他没能够将这位心理医生的姓氏同这位准将的姓氏联系起来。他错将工作记录本用于心理治疗的练习本。读了安娜·梅尔戈萨交给我的复印件，我才知道挨着那些说明行刑官身份的文字，赫尔曼附有一个他们都被提到的案件清单。然而，这并不是全部，因为在他的记录中还有最令人难以想象的情况。大部分记录概述贝尔纳多·阿里亚加的口供。贝尔纳多·阿里亚加是原国家情报委员会的官员，因1982年初绑架并谋杀一位大学生领袖被判二十年刑。

“我们第一次见面是两年前，我去监狱看望他，旨在获得关于富列托恩下落的情况。”赫尔曼在他的笔记本里写道，“此次看望，他什么也没告诉我，但直觉告诉我他知道这位行刑官的真实名字。于是我大胆地将我住处的电话留给了他，以便他改变主意时可以打电话找到我。对此我并不抱什么希望。所以七个月后，当我接到他的电话时真是喜出望外。当我第二次去看望他，一下明白阿里亚加已经时日不多。他瘦了二十多公斤，在单人间里走几步的力气都没有。他告诉我他患上了肝癌，治疗一点儿成效都没有。后来，他有问必答，对我讲了他同托罗·帕拉西奥斯和富列托恩的关系。阿里亚加在安全部门期间曾经是这两位军官的下属。他是他们最信任的人，所以才让他知道他们的真名实姓。”“阿里亚加，”赫尔曼写道，“回忆起一些在格里马尔迪镇集中营待过的被捕者的名字，并向我讲了国家情报局不同部门的运作方式。而且，我并没有要求他讲，是他主动把谈话的范围延伸到军队情报委员会，也就是上面提到的军人隶属的军事机构的工作情况。我第三次去探访他，他对我讲了富列托恩同后勤委员会和军队武器装备制造事务委员会一些军官共谋成立的组织的情况。我很相信他说的情况，但当我将他说的情况同我在报纸上看到的文章联系起来时，我便明白我手上握着一枚定时炸弹。”

笔记的最后一部分使我联想到帕斯特拉纳说他必须执行命令的说法，我对他杀害赫尔曼·雷耶斯的动机确信无疑。我确定好下一步的行动计划，然后找好靠山，再开始行动。我打电话给马科斯·坎贝尔，让他知道写字台上的新材料。

找到图略·梅尔戈萨比我想象的要难。我花了一天的时间调查他的住处，又花了两天的时间弄清楚他的活动习惯，知道他大部分时间都是在他位于离国防部几步远的办公室里度过的。他已经退役三年，在经营一家为企业、超市、私立大专院校提供看守、警卫和司机的保安公司。我对他的监视过程中，看见他几次离开办公室，身后跟着一位年轻粗壮的男子，我想应该是他的保镖。梅尔戈萨是白皮肤，中等身材，依然苗条灵活。他妻子是外交部的一名律师，两个儿子继承了他对“明亮而可怕”的军靴的热爱。大儿子一年前已经从军校毕业，二儿子正就读海军学校，这就确保军人在家庭中可以延续。第四天，我证实了梅尔戈萨有一个可以帮助我的习惯：每天上午，离开家去办公室之前先到离他家不远的教堂祈祷或思考几分钟，然后赶路。这天他一个人，未带随从人员，自己开车。教堂很小，有一个大门和一个侧门。侧门通向住着两位年迈神父的教堂陪房。这是同这位军人谈话的理想场所，我没有多想，花几个小时的工夫获得安塞尔莫、坎贝尔和阿蒂略·蒙特贡的协同。

“你疯了吗，堂？”当我向安塞尔莫说明计划，他惊呼道。

“你是精神不正常，诚心找死！”听了我的计划，坎贝尔评论道。

“地点和时间？”蒙特贡跃跃欲试地问。

我将赫尔曼的笔记复读一遍，把情况做了归纳，从家里出来，打算喝上一杯，将第二天付诸实施的计划细节重新审查一遍。

一眼看去，除了两位老婆婆在圣坛前面跪着祈祷，教堂内空空无人。梅尔戈萨按惯常的时间到达教堂。他身穿一件灰色外套，一条蓝色裤子，左手拎着一个华贵闪亮的黑皮手提包。他朝教堂里看一眼，在靠近门口的长凳上坐下。圣坛上方的彩色玻璃窗射出一束彩虹般的光。我从一个忏悔室走出来，手握着上衣口袋里的贝雷塔手枪，朝这位军人走过去。

“您好，梅尔戈萨准将！首先，请您明白我正用手枪对着您，我们背后还有两位朋友手里也拿着枪。”我在他身边坐下，指向坎贝尔和蒙特贡刚刚走进来的大门说。

“这是绑架吗？”他故作镇静地问。

“如果您往前看，还会看到我的另一位朋友。”我指着圣器室门口站着的安塞尔莫说。

“您的这些朋友似乎不很冷静。”

“请原谅，说实话，人不可貌相。”

“您想干什么？”他问。

“我们谈谈。”

“不管你们纠缠我的动机是什么，现在后悔还来得及。请您离开教堂，我保证我不会有闲心记住这个意外事件。”梅尔戈萨说道，目光里闪现一种嘲弄的神色。

“我觉得您的处境不容您讲条件，富列托恩。”

听到他过去的诨号，梅尔戈萨一下慌了神。他做了一个轻蔑的怪相，转过身看蒙特贡和坎贝尔是否还在那儿。

“是这样吗？”他以烦躁的口气问，“我应该想象得到。你们是什么人？是仍然不认输的倒霉鬼新组织的成员？”

“请您嘴放干净些，富列托恩。我的枪对粗话敏感。”我不给这位军人反驳的时间，“请相信我非常想开枪，而且感谢我这么做的人会很多。但是，我不会就此亲手伸张正义的。我是来证实一件事情的，也是来告诉您，富列托恩露出真面目的时刻到了。”

“您想说什么？”梅尔戈萨问。

“我想说赫尔曼·雷耶斯进行的调查，请您不要否认您知情而浪费时间。我读了他给他心理医生的笔记。我知道他最后几个月所收集的部分情报。”

“安娜对您说了那些笔记的事吗？”军人不失时机地寻找托词。

“如果您在想是她揭发了您，您就错了。她仅仅是承认事实，我们就像我和您现在这样谈过话。”

“您同赫尔曼是什么关系？属于同一个组织吗？”

“我是私人侦探，受聘调查他的死亡。”

“私人侦探？您别逗我笑，就您的模样，您应该是刚从监狱里出来。据我所知，私人警察都调查通奸或小偷小摸。”

“我对您说了，人不可貌相。说到我，人家倒会放松对我的顾忌。一条名贵的领带或一枚闪亮的勋章可能掩盖最坏的盗贼或凶手。如果您一生的所作所为是最好例证的话，还用得着我在这里给您谈什么外表与欺骗吗？”我环视四周，“我知道我现在在什么地方，尽管我很乐意能在监狱见到您，但眼下我只想知道谋杀赫尔曼的人的名字。”

“您凭什么认为我会同您谈这方面的事呢？”

“就在帕斯特拉纳跳楼自杀前几分钟，我同他谈过话。他说他是位执行命令的士兵。后来，我读了赫尔曼的笔记，断定这命令他是从您这里接到的。”

“我看得出您确实收集到了一些零散的线索。然而，您不知道如何将这些线索联系起来。帕斯特拉纳已死，您没有任何证据指控我。”

“有可能。然而，不管怎样，我的故事会引起一些律师的注意。赫尔曼的笔记和我在同帕斯特拉纳的谈话中发现的情况足以将您送上法庭。”

“如您所说，您又何苦冒险来同我谈话呢？”

“顽固、虚荣，怎么称呼都一样，但我希望知道我是否已经填对了这局纵横拼字谜的所有方格。您决定吧，梅尔戈萨，我们是在圣徒们的注视下，在他们的庇护下谈呢，还是您更愿意在像您当时审讯您的受害者的地方谈呢？”

“我们谈吧，但我提醒您，自您进入这个教堂便惹上的麻烦，您是很难摆脱的。”

“您就不必操心啦，我回头会解决的。眼下您必须告诉我的是什么？”

“有时候，正如我们这些年做事的方式，你可以让敌人得手，让他误会有胜利的可能。”

“您是想让我认为赫尔曼当时对以您为代表的那些人来说是个危险吗？您似乎有些夸大其词，梅尔戈萨。”

“他当时已经威胁到我。”

“于是您就命令帕斯特拉纳召集他的刺客，假装成一次街头抢劫，结果是破绽百出。”

“行动的人往往不按计划行事。当我们分析行动结果时，我就这样告诉了帕斯特拉纳。”

“您现在应该怀念那个您可以随意杀死人，然后和同谋去喝杯啤酒的时代吧。”

“您少这样挖苦我，您这位不知叫啥的侦探。”梅尔戈萨环视四周，“事情过去几天后，我就想没有什么可担心了。警察接受了抢劫的说法，似乎一切都合情合理，随即便会被遗忘。”

“杀害赫尔曼的凶手叫什么？”

“这是一个被帕斯特拉纳带到坟墓里的谜。”

“您是帕斯特拉纳的上司，他要付诸实施行动的每个细节都应向您报告，不是吗？”

“帕斯特拉纳是位服从命令听指挥的士兵。”

“他和您是在格里马尔迪镇集中营认识的。”

“没错。”

“从那时起，他一直在您手下工作。”

“即便如此，我也是不可能告诉您的。”

“赫尔曼推断帕斯特拉纳负责保护需要受到审判的军人。他的工作在于将一些军官隐藏起来，将另一些军官送出国。据我本人的推断，帕斯特拉纳还负责将那些诸如赫尔曼这样的正在变成鞋子里的石子、妨碍行动的人清除掉。”

“您不要奢望我会说您一语中的。”

“往后也许您有全部推翻的机会，但只要我们待在这个教堂，我就会设法让您把真相告诉我。您是什么时候决定灭掉赫尔曼的？”

“您凭什么认为是我的主意？我没有说过我决定杀他。”

“凭您的过去，凭您同帕斯特拉纳的关系，凭您妹妹和赫尔曼的练习本，凭着所有这一切。您就别再装腔作势了，您和我都清楚我们在说什么。”

“知己知彼方百战不殆。”

“您是何时决定灭掉赫尔曼的？”我重新问道。

“您为什么执意认为是我的主意呢？”

“我想您是在您的妹妹向您说起练习本的事之后，或者在知道赫尔曼在进行调查、意识到那笔记本是个祸根之后才做出决定的。赫尔曼就没能获取最终的结果，没有及时明白他笔记本情况的更多信息。直到那时，您的真实姓名在任何调查中都不曾出现过。”

“关于我名字，您这么说是对的。”

“是运气还是有预防措施？”

“我们当中有人上了法庭，承诺在证词中省略在审理中未被证实身份的同志。拖延司法尤为重要。这些自1990年起的协议让我们确信那些悬案很少判决或宣判，大多都将以赦免的形式结案。”

“过于乐观了，梅尔戈萨。如今有那么一些法官致力于困难重重的领域。那些谄媚枉法的法官已经过世或在享受以同谋换来的优厚退休金。”

“做生意都要留有余地。说实话，你们说的人权事业，我不关心。”

“我本想您会在某个时间里这么说的。您另有担心的事，您的言语证实了我在赫尔曼笔记中看到的信息。真正使您心神不宁的是贩卖军火的事。”

“关于这事您都知道些什么？”他小心地问。

“全部。”我撒谎道。我感到终于击中了梅尔戈萨的要害，露出一丝微笑。这位军人以快速的目光怒视了我一眼，然后观察了一下祭坛前正在祈祷的老妇人。

“您说吧，我们是继续下去呢，还是换个更刺激的玩法呢？”梅尔戈萨凝视着祭坛的一个点，小声说道，仿佛是在自言自语，开始潜入记忆的深层。

依照梅尔戈萨说的，军政府的终结已是不争的现实，国家正在快速开启逐步恢复民主的进程，从军人们的角度看，民主体制的恢复会有各种障碍和羁绊，使政府向新政府移交困难重重。就在这时候，计划产生了。梅尔戈萨和另外一些军官注意到时局艰难，于是他们决定做一些旨在为他们个人和某些不愿空手放弃政权的领导日后捞取财富的买卖。必须干一种能带来实际好处的事，不同于过去为了塞满个人腰包去抢劫银行，然后再嫁祸给被临时抓捕的人。买卖要有力度，有人，也许就是梅尔戈萨本人认为贩卖军火应当是赚钱的买卖。世界上有多处正在进行中的军事冲突，还有一些即将爆发的军事冲突。这就意味着会有很多人不惜成本购买武器。计划得到上司甚至老独裁的许可。为实施该计划，他们成立了一个由从军队物资装备买卖委员会、情报委员会和后勤委员会挑选出来的军官参与的小组。该小组是与负责采购武器——新的或旧的——的与官方机构并行的机构。该组织弄到军火后以高价倒手出售。哥伦比亚毒品贩们要同政府军和哥伦比亚革命武装力量的游击队争夺地盘，需要武器。该组织的第一笔生意就是同哥伦比亚毒品贩们做的。

“1990年代初，巴尔干分裂战争爆发，有机会做成一笔军火大买卖。”梅尔戈萨说。听他的言辞，好像在当众演讲，而不是在面对一位侦探坦白他的罪过，一位无足轻重的、他不放在眼里的侦探甚至听到了来这个教堂所要寻找的全部真相。“当南斯拉夫出现分裂，这个国家的大部分军人都掌握在塞尔维亚人手里。这就使他们在入侵克罗地亚和斯洛文尼亚过程中处于十分有利的地位。克罗地亚人在1991年宣布独立，为了自身防御，需要加强国民卫队，这是一支具有警察性质的队伍，可相比塞尔维亚军队，军事能力差得很远。由于联合国禁令，克罗地亚人无法直接从武器生产国购买军火，因此采购人员必须同非法的供应商建立联系。这是逆时代而动的买卖，弄到手的任何武器装备对捍卫新生的共和国都是有用的。”

“这样一来他们就和您的小组进行洽谈。”我稍稍打断了梅尔戈萨的独白。

“我们是从阿根廷得到的情报，那里有一个克罗地亚大移民区，他们当中有大量的民族主义者，是在第二次世界大战结束时，铁托元帅和他的游击队胜利之后躲避在这个国家的。通过他们牵线搭桥，克罗地亚人同总统身边的官员和阿根廷的官员做买卖。后来，阿根廷人满足不了他们对武器的需求，便向克罗地亚人提供了从智利获取武器装备的可能性。阿根廷军人和智利军人在平息安第斯山两边的动乱时结下友谊，凭这份友谊双方进行了接触，买卖最终是通过一家经常参加每年在圣地亚哥举行的航空展的欧亚军备公司为中间人落地的。买卖快速成交，我们收益颇丰，出售了三百吨武器，价值六百万美元。步枪、火箭弹、手榴弹、弹药，开始发往便于转运到克罗地亚的国家。运输都伪装成从智利发出的对处在战争中国家进行人道主义援助的医疗用品。整个买卖进行得一帆风顺，直到一个货仓在布达佩斯机场被发现，当地警察将货物没收，新闻界将此事曝光。当时的智利政府出面应付这场风波，在和军方商讨之后，下令将一些参与这些买卖的军官开除。我们的生意开始动摇，我们必须改变策略，避免这个组织主体暴露。”

1992年初，对梅尔戈萨和他的组织来说，情况变得复杂起来。军队后勤委员会的驻外采购代表被指定为这个组织业务的负责人。该军官看上去没有参与买卖活动，但对所发生的事悉数知情，他很紧张并扬言要向调查此案的法庭做证。他的上司要求他服从命令，然而这位军官坚持己见。正是这个时候，梅尔戈萨动用帕斯特拉纳让这位军官消失了。他们先是绑架了他，设法说服他保持沉默。当这一招不灵，帕斯特拉纳便实施既定方案的第二部分。这位军官被发现死在了乡下的一个地方，现场使人认为是他自行结束生命的。军方煞有介事地进行了一番调查，最终得出自杀的结论。一位军官证明这位军官患有严重的抑郁症，并向报界透露了一个设法将此事掩盖起来的说法。

“政府请求委任一名部长到现场，开始让在法庭沉寂下来的调查重新活跃起来。”梅尔戈萨补充道，“法官传讯了很多军官，虽然有预先准备，有牵连的人之间还是渐渐出现了矛盾。尽管如此，虽然一些军官被指控贩卖军火，我们还是做到了对情势的掌控。从发现走私至今十余年了，司法调查依然一团乱麻。”

“这期间您的生活是绝对心安理得。”

“心安理得这话不准确。最近这些年，我是苦筋拔力阻止我们组织的活动被发现。庆幸的是所有知情人都是明白人，暴露的人把无法逃避的罪责承担起来，对那些不为法官所知的情况则守口如瓶。组织的核心保持隐蔽不露并不容易。”图略·梅尔戈萨说。他打住话头，向教堂门口看一看，接着说：“一开始，我以为赫尔曼的调查是一次无法控制的雪崩，然而他热衷于独自工作，不知分享信息，这是他的失误。如果赫尔曼的情报和阿里亚加的坦白问世，负责调查的部长将会有更多证据判被告军官们的罪，同时会获得证实身份的珍贵资料。这时帕斯特拉纳动用了他的合作者们。”

“一切似乎顺理成章。”

“我仅把主要的事告诉您。知道得太多您会有危险。”梅尔戈萨说，“我并非这个组织里唯一隐姓埋名的成员。”

“如果您想以对待赫尔曼同样的方式对待我的话，就请您忘了这个念头。帕斯特拉纳死前说的话，警方已经知道，赫尔曼的笔记本现在在一位律师的手中，我有事，他会将这个笔记本公布于众的。您千万别忘了陪我来的朋友。”

“我想象得出问您是否愿意达成一个经济协议是多余的。”

“带血的钱。倒是一部出色侦探小说的题目。等您锒铛入狱时记住这个书名。”

“不像您想的那么简单。审理缓慢，将调查延缓一天，就是为毁灭证据赢得一天的时间。”

“我承认您说的不假，然而您的名字将会公布于众，您必须回答很多问题，这并不妨碍您刚才说的。”

“我是传动装置的一个部件，我必须保护其他更重要的部件。我会按我的原则行事的。”梅尔戈萨趾高气扬地说，“现在，您如果没有别的要说的，您走吧！”

“我向您提最后一个问题，富列托恩。”

“图略·梅尔戈萨·因贝特，这是我的名字。”这位军人打断我的话，更正道。

“您天天来这教堂干什么？是寻找您的受害者永远不会给您的原谅吗？”

梅尔戈萨垂下目光，仿佛想预测他的命运，对着他手上纹路端详一阵。

“我没有什么理由要求人原谅。”他终于说，“如果有必要，我会毫不迟疑地重新做同样的事。”

我站起身来，同坎贝尔和蒙特贡在教堂门口会合，走到记者坎贝尔的车旁。不一会儿，安塞尔莫也走过来。我点上一支香烟，默默地抽着，直到我们看见梅尔戈萨走出教堂。

“我们现在干什么？我们报警吗？”

我把烟从车窗里扔出去，将我的领带整一整。

“我请你们喝啤酒去。”我说。

“喝啤酒吗？”安塞尔莫问。

“或者你们各自想吃什么我请什么。”我改口道。

“最好把科塔波斯也叫上。他对我要讲的情况一准感兴趣。”

30

“您知道埃尔南德斯没了吗？”费利斯·多明戈看见我从电梯里走出来，问道，“我倒不是事后诸葛亮，不过他这个人我早觉得不对劲儿。他那坏脾气，夜晚外出，总是问是否有人来访的癖好，很容易让人联想到他私下有什么见不得人的事。”

“报纸我看了。”我答道，无心迎合楼房管理员的说长道短，他似乎因帕斯特拉纳出事显得特别反常。“听说他是退役后从事毒品走私的军官，是他的仇人将他从一幢正在建造中的楼房顶部扔下去的。”

“报上说的您全信吗？”

“赛马日程和足球比赛结果一般是准确无误的，但舆论栏的政治性新闻和文学批评，我就有自己的保留了。”

“关于埃尔南德斯先生，我倒有与报纸上不同的看法。”楼房管理员说道，同时皱了一下眉，“我认为他是个骗子，而且是在行骗中被抓住了。”

“都一样。我们说了也不能让我们这位邻居复生。”

“我不能说为他的死我感到很难过。”

“这就不该啦，费利斯·多明戈。您没听人说死者为大吗？”

“费利克斯，埃雷迪亚先生，带字母x。”

“xerógrafo（静电复印）、xifoides（剑突）、xilotila（铁石棉）中的字母x。如果我仍然将您的名字读错，我就把字典中带字母x的全找出来。”

“动脑子记，埃雷迪亚先生。重要的是动脑子记。”

“我会考虑您的建议的，费利斯。”

“谢谢，埃雷迪亚先生。一看您就是位君子。”楼房管理员不等我迈步又补充道，“死者住的单元要出租。昨天女主人带几位工人来，让他们将房间用涂料刷一下。希望这次租的房客是位正派人，而不再是毒品贩子，骗子……”

“也不再是私人侦探。”我附和道，“该街区的住户无法同时和两个爱管闲事的人做邻居。”

科塔波斯和特兰在美洲文化中心工作室等我。我同梅尔戈萨谈话后已经两周了，前天晚上律师科塔波斯给我打电话，约好见面。开始几天，报界将倒卖军火的事进行深度曝光。然而一周后，这事便冷了下来，退居新闻的次要位置，被在普恩特阿尔托街附近发现被解体尸体的新闻所取代。我到了美洲文化中心工作室，看见三位小伙子在标语牌和横幅上写每次辐呐用过的口号，其中一个横幅写着“赫尔曼·雷耶斯纵队”的口号。

“今天的报纸您读了吗？”我刚在特兰办公桌前的椅子上坐下，科塔波斯便问我。

“没有。怎么了？捅破天了吗？”

“人们都注意到军方的公告。军方表示对法院就追究武器走私案件中被告人责任而进行司法程序给予支持。似乎不是什么大事，然而军方这个态度却是人们没有想到的。”

“您朋友的这些话很可能也受此影响。”特兰说道，指着黑板，上面贴着坎贝尔在他杂志上发表的新闻。

“不要在意用词，最重要的是一手遮天的时代一去不复返了。”我附和道。

“我在法院打听了，够梅尔戈萨受的。”科塔波斯补充道，“他必须面对三项起诉。依我所提供的证据，将对赫尔曼之死展开调查，那么梅尔戈萨可能被指控为那起凶杀案的主谋。他的名字也被列入贩卖军火的被告名单。该案的审理已经接近尾声，预审法官将在几天内结束调查，并按程序就调查结果进行陈述。到现在为止，一些军人是名单中原有的，可能还要加上梅尔戈萨的名字。最后就是践踏人权案，该案被告人员也有梅尔戈萨的名字。警方会传讯他，我相信这次他逃不掉啦。赫尔曼在天之灵会为他的工作有了结果而快慰的，您也应该为您的工作快慰，埃雷迪亚。”

“我只是有那么点儿运气，仅此而已。”

“您就别自谦啦！”律师的表情很快严肃起来，“您没有什么麻烦吗？”

“指什么方面？”

"我在想来自梅尔戈萨的报复。"

"我想那人会另有顾忌。"

"应有所防备。"特兰补充道。

"没有必要。就是对我动手，最大可能在今后，而且会成功。"

我在报亭前面停下，安塞尔莫递给我一封传真，里面是格里塞塔乘一辆到洛斯埃罗艾斯的大巴回圣地亚哥的详细情况。我邀请安塞尔莫到埃尔雷耶德尔佩斯卡多餐馆吃饭，我们边吃蒸鱼和芹菜沙拉，他边听我讲同科塔波斯和特兰见面的情况。

"当时谁会想到我们竟与一个魔鬼为邻呢，堂！"

"我们周围一些家伙有见不得人的过去。因此很多人仍不敢表达自己的意见。"

"费利克斯告诉我警察勘查了帕斯特拉纳占用过的地下室。他有一堆手铐、手枪和白刃凶器。你怎么说？"

"对邻居要小心，我们不知道微笑背后隐藏着什么。"

"我在报纸上看到军方不会对梅尔戈萨有丝毫袒护。"

"他们可以袒护无法袒护的人的时代已经过去。"

"有人认为最近这些年军人已经变了。"

"他们现在缄口不语，彬彬有礼，然而将来他们可能重新露出牙齿。我对他们不抱很大希望。他们精于维护有权有势之人的秩序。历史上这种例子不胜枚举。"

"谁听了你说的都会说你对他们有怨恨。"

“是不信任，安塞尔莫。我们的生活已经被他们打烂过一回，我们不会忘的。”

为驱赶鱼的邪气，醒醒同安塞尔莫一起喝的白酒，我睡了个午觉。下午，我去了胡利奥·苏阿索的女儿那里。我是在光线昏暗的店里找到她的，趁她的头儿出门购买材料去了，便把起诉梅尔戈萨的事悉数告诉了她。即使不能证明苏阿索是被这位军官所害，至少他得承担作为行刑者的罪行。这位女子默默流着泪听我说。她很快用手帕将泪擦去，为我向她讲这些情况道了谢，注意力重新回到她在修整的卷边上，似乎再次沉浸在她的记忆和痛苦的世界里。我辞别她，到比希尼娅·雷耶斯的家去，我在知道她弟弟的笔记本中被撕掉的那些页仍然存在之前就打算要去一趟赫尔曼家的。和第一次去一样，我还是看到她在花园里专心护理她的花木。她给我一瓶冷饮，我们在葡萄架阴凉下一张桌子旁坐下，我们谈论她的花木，她说她打算和几位女友一起去南方旅行。我推断她不希望即刻问及我去她家的动机，也许她需要同什么人说说话来排解萦绕在她周围的孤寂气氛。

“我发现了赫尔曼之死的责任人。”我告诉她说，觉得时间太长了，是该转入正题了。

“我知道，而且我曾想您会早些来我家的。我在报纸上看到一些提到我弟弟的消息，一连串与贩卖军火、奇怪的买卖和死亡有关的事情，好像是些不相关的事。这一切是怎么回事，埃雷迪亚？”

“这是一个很长而且我无法完全说清楚的故事，是一座我们只能猜想其深度的冰山。”

这位女子点点头，表示赞同我的说法，继续听我的报告。

“其中一个责任人已经死亡，另一个应当接受审判，其余两个仍然隐姓埋名，不过相信警方抓捕他们是轻而易举的事。”

“我从未想过赫尔曼会卷入如此凶险的事。”等我不再说时，比希尼娅·雷耶斯说。

“我们永远不知道我们离恐怖有多近。”

“现在我只希望伸张正义。”

“我能做的很有限。这个案子我能做的就是获得一些真相。”

“这不是一回事吗？”

“有时候真相和正义走的是截然相反的路。”

“我弟弟能在这里谈论这些我们过去从不敢谈及的事就好了。”

“这已经是无法挽回的了。”

“我们豁然发现那个时代已经过去，我们为幸福的人尽了一份绵薄之力。”

“问题是人生这门学问是无师可投的。”

比希尼娅·雷耶斯深深叹了口气，抑制住哽咽，观望长满花木的院子。我从上衣口袋里掏出香烟，避免看见她的神情。

“对不起，我忘了我不是雇您来听这哭泣声的。”这位女子猛然说道，然后，一边拨开落在前额的头发，一边补充说，

“您应该还有事要忙。该谈谈您的酬金了。”

“如果您愿意，我可以再来。”

“不多，不过比吃老鼠强。”我对蒙特贡说道，同时我在桌子上放了八张一万比索的票子。

我们来到艾尔林鲍德酒吧，要了一瓶酒，夜幕降临。从我们身边的落地窗可以看到布尔内斯广场和政府大楼的灯光。黑夜从大街上向我们挤眉弄眼，不一会儿便听到回家的人们急促的脚步声。

“我佩服您的冷静。如果是我，就在教堂给梅尔戈萨一枪。”侦探蒙特贡说，同时将钞票装进从上衣里侧口袋掏出的一个脏兮兮的蓝色皮夹里。

“他死了，他的罪行就会石沉大海。而现在他必须面对一位对他的回忆感兴趣的法官。”

“您说的有道理，但我并不心悦诚服。”

“这案子我们已经掌控不了，阿蒂略。”从我们认识，我这是第一次用“你”称呼他，“谢谢你的帮助。没有你做我的依靠，整个调查会更加困难。”

“已经很久没有人为什么事向我道谢了。”

“我认为我们应该为我们的健康干一杯。”我将酒杯放到嘴边。

“我决定不再为整天窥探职工们生活的公司干了。我在格兰大道进口处租了一个门面，那里类似商业中心，有理发店、旧衣店和一个文具店。门面不大，是一个四米乘四米的盒子，我打算把我的工作室就设在里面。我将与一位律师和一位以卖熏香和带鬼怪图案衬衫为生的老太婆为邻。每月有一两个案子，吃喝绰绰有余。”

“再写几部小说，你差不多就是哈密特。”

“那家伙是谁?”

“一个曾经像工贼一样为美国平克顿侦探效力的家伙。后来那活儿他干烦了，就着手以他的经历为背景写小说，颇有成就。”

“很遗憾您不喜欢搭伙。”蒙特贡说。他对刚才说的不感兴趣。“不管怎样，您什么时候需要帮助，或有多余的顾客，别忘了我。”

“你放心，你的帮助我是不会忘记的。”我说。

蒙特贡将酒杯凑到我的杯子上，我们为今晚的喜悦干杯。

“破一个案子，您有什么感觉?”过了一会儿，他问道。

“我就是将树叶翻了个个儿，现在我开始为别的事担心。”

“甭开玩笑，埃雷迪亚。请您告诉我。”

“几天里你一直绞尽脑汁解密，当你走到大街上，突然发现那种神秘感全无，你不再有什么可想的了。受害者、痕迹、嫌疑人、罪犯，一切构成昔日模糊不清画面的东西全然消失。”

“如此看，这不是一个很诱人的职业。”

“然而这确实是吸引人的职业，特别是当你满腹怀疑时。然后，一旦神秘的东西不再神秘，兴致也就不复存在，变成一连串大致合理的解释。这和生活一样，没有疑惑和神秘就成为一块日复一日揉搓的面团。”

“您喜欢您的工作吗?”

“很喜欢，不过近期我想休整一下。”

蒙特贡端起酒杯并以仪式性的表情将杯子举高。

“为我们空前的合作干杯，为把收益用来喝酒的侦探们干杯!”

“为不肯住手的死神，让我们忙得团团转的死神干杯!”

31

他们把我拖到那个地方的时间我已经记不起来了。我的眼睛被绷带蒙着，被绑在一把椅子上。隔壁房间在放军人进行曲，旋律单调得令人厌烦，一个女子在吼叫，有人在向她提她不愿意或不能回答的问题。我想睡觉，可是胸口一阵刺疼，使我无法入睡，忍着疼痛。我嘴唇发干，眼睛上的绷带随着在地狱的时间增长绷得越来越紧。我不知道自己身处何处，我知道少数人会为我的失踪感到不安，他们会被封闭消息，他们会接到用卑鄙谎言写成的报告和通知。军人进行曲我不想再听，我不想听传进单人牢房的声音，不想听那拳头划过空气直落到脸部的难以觉察的呼啸声。我觉得自己正在经历仇恨斗士牺牲品的遭遇。冷不防的击打，浸入污水，放电，行刑，强奸，撕裂生殖器，难以启齿的体罚。也许能幸免一死，然而我的步履会变得如梦如幻。我会害怕陌生人的目光，害怕夜间汽车的陡然刹车声，这种惧怕将会像烙印般刻在我的意识中。什么都变得不一样了，尽管如此，我还是希望看到绷带边沿透过的一缕光束。活下去是全部的希望。

突然房间里阳光普照，我周围一切似乎很平静，一派星期天早晨的静谧。然而噩梦的场景依然没变，依然凶狠无情，使坐在家里桌边的我回想起恐怖依然存在，害怕听到某些言语，害怕身着制服在超市或工厂门口执勤的警卫。在那些号召人们忘记过去的演讲中，在那些仅为一份工作不得不屈从的命令中，依然听得到这梦魇的回响。恐怖存在于我的体内，存在于我那已经遭受摧残的意识里，隐约从窗户看到几只狗经过，便会迫使我重新体验噩梦中的情景。

我将西默农搂在怀里，噩梦越来越宽泛，我想起辞别蒙特贡的时刻。

“一时间我觉得我已经落入梅尔戈萨或他的什么人之手。”我对西默农说。

“你在家里，而且没有人来问起你。你累了，饿了。一顿丰盛的早餐比什么都强。”

“你说得对。正如詹姆·萨宾斯·古铁雷斯[1]的一句诗说得好：‘妈的！我累了。我需要长眠一星期。’”

已经用完早餐，在写字台前查看迟付的账单和一堆想不起来当初出于什么考虑留存下来的报刊文章，是些有关犯罪背景的文字和报纸上时而刊登的奇闻逸事。在剪报中我看到大卫·巴斯托斯的一首诗，一些诗句引起我注意：“我的脑海

1　墨西哥当代诗人。

回荡牙齿咯吱咯吱声，一杯浊酒喝下，一只猫在玻璃窗上磨爪子，嘎吱，嘎吱声。”我本想将剪报整理一下，可一会儿就乏了。于是，我将剪报搁在写字台上，埋在尘埃里。之后我在室内闲逛，翻阅一两本书，躺下来听唱片。自从我和格里塞塔在言归于好的一个遥远傍晚一起听本·韦伯斯特的唱片，我一直对他保持着特殊的喜爱。头天晚上的酒后不适依然没有消除，我听着音乐迷迷糊糊睡着了。

我在格里塞塔预告回来的时间稍早一些醒来。我拿起上衣，关房门的力量有些过。雪佛兰表现不错，我一动钥匙就启动了，到洛斯埃罗艾斯终点站一路表现尚佳。我是在长途大巴进站前半个小时到的。格里塞塔在大巴的前排，我看见她脸贴在车窗上，我从远处向她挥手致意。她见我走到她身边，便将随身带的两个手提包搁在地上。这座城市在我身边咆哮，过去在我的记忆中垒窝筑巢，我没有把握自己会愿意听到有谁来我工作室，聘我提供侦探服务。未来什么事都有可能发生，然而此刻我要做的只是吻我怀中的这位女人。

第二天我回到西蒂酒吧。我向总是招待我的服务生致意，我走到埃斯克里瓦的桌前。他正在阅读诗人吉列尔莫·里德曼的书《死亡的人》。埃斯克里瓦在大学就认识他，他们当时经常参加以聂鲁达的名字命名的文学团体的聚会。

“什么事？什么急务？”他刚向我讲完他在大学那些年的情况，就问，“你有什么精彩的奇闻逸事要讲吗？”

“正相反，我想通知你，我决定终止我们的协议。米拉和帕特里希亚，两位你不认识的朋友给我写信，告诉我你把我告诉你的那些情况用在你的写作中时漏洞百出。例如，在一部小说里，你说格里塞塔是黑发，而在接下来的一部小说里，又说她实际上是红发。”

“女士们常给她们的头发染色。”

“一部小说里，她是学社会学的，而在另一部里，她是学心理学的。”

“如果我没有记错，你曾对我说她在大学期间换过专业。”

“你不是一边说安塞尔莫从赛马行退出是因为右锁骨骨折，而另一边又说是因为他左膝关节骨折。”

“我现在才知道，他两个肢体都骨折了。我们不用关心这个那个的医疗细节。”

“她们还告诉我你在处理有关我和格里塞塔年龄的情况时也不很精确。”

“你知道时间向来是相对的吗？”

“在你初期的小说里，孤儿院照顾我的牧师叫哈辛托，而在最近的小说里，叫约翰·布朗。”

“我想在孤儿院你也许不止认识一位牧师。你不会是失忆了或你希望我为死者承担责任吧？另外，谁都不是圣贤，正如钱德勒所言：‘所有侦探小说的作者都犯错误，没有哪个人是万事通。’”

“我希望你不要再继续打着我的招牌，埃斯克里瓦。”

“所有这一切都会在将来得以解决，埃雷迪亚。要不要调查新的案件？我已经知道在赛马行中贩毒的买卖，还有关于电视台的执行官，这些愚蠢的被神化的人物之间争抢风头的案子。”

“我没兴趣。我计划休息。”

“又是老一套。同样的话你说一百回了。包括一次你去了海滩，而六个月后便返回，夹着尾巴。”埃斯克里瓦马上以他特有的腔调补充道，“我给你一个需要侦查的大案。一个住在特穆科的人和我接触过，他希望找出杀害他表弟的凶手。受害人隶属为收复土地而斗争的马普切人的组织，好像是被一家开发当地树林的现代公司的保安杀害的。”

“似乎是个大案，可是……”

“你就不要抱着退休的想法不放了。像你这样的人……”

“不是老死，就是被枪打死。我至少在三十三部小说中看到过这句话。”

“你为什么想关掉工作室呢？为什么想退休呢？”埃斯克里瓦说，显得担心，“你是整个圣地亚哥和它四周用一点儿钱就可以聘到的最优秀的侦探。”

“谁说关工作室了？你听我说起过退休的话吗？”

“你说过休息的。”

“就是我将在我工作室门上挂个小牌子：‘接下来五个星期不受理业务’。然后我就闭门阅读我床头柜上的二十本小说。”

“或者说，你一定会重返江湖的，一定会重新给我讲述你的故事的。”

“至于故事，你就别抱希望啦。”

“我们心平气和谈事情。你将来一定会有故事给我讲的。”

“你可不要把赌注都压在这里，埃斯克里瓦。”我答道，同时注视着从酒吧大门进来的一位曲线诱人的黑女人。